欣梦享
ENJOY LIVING

U0898458

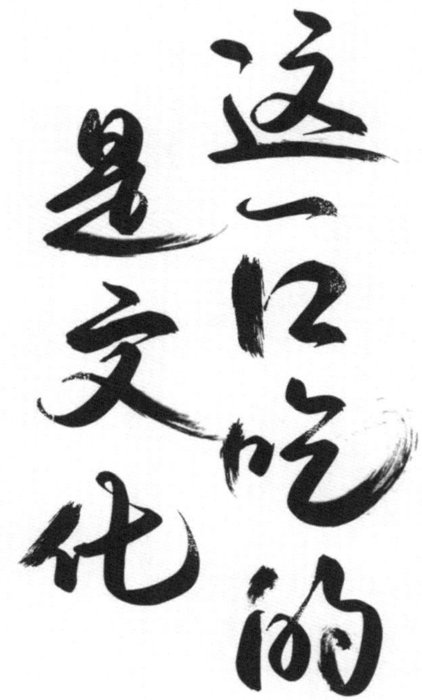

黄承娟·著

图书在版编目（CIP）数据
这一口吃的是文化 / 黄承娟著. -- 南京 : 江苏凤凰文艺出版社, 2025. 1. -- ISBN 978-7-5594-9160-2
Ⅰ. I267
中国国家版本馆CIP数据核字第2024M7X199号

这一口吃的是文化

黄承娟 著

责任编辑 王昕宁
特约编辑 李寒蕊
装帧设计 谷 雨
责任印制 杨 丹
特约监制 杨 琴
出版发行 江苏凤凰文艺出版社
南京市中央路 165 号，邮编：210009
网 址 http://www.jswenyi.com
印 刷 文畅阁印刷有限公司
开 本 880 毫米 ×1230 毫米 1/32
印 张 8
字 数 145 千字
版 次 2025 年 1 月第 1 版
印 次 2025 年 1 月第 1 次印刷
书 号 ISBN 978-7-5594-9160-2
定 价 59.80 元

邀你共赏

五千年『食』光

前言

《这一口吃的是文化》——五千年“食”光，舌尖上的华夏传承。这不仅仅是一场味蕾的探险，更是我穿越古今，以食为媒，共话国风雅韵的美食之旅。作为一位热爱美食文化的行者，我誓以舌尖作笔、国风为墨，绘就一幅幅古今交融的美食风情画。

从春节团圆饭的温馨，到中秋月饼的甜蜜，传统节日的美食不仅是味觉的享受，更是家的温情与亲情的纽带。书中还深藏着即将消逝的非遗技艺，每一道小吃背后，都是匠人匠心与时光磨砺的结晶。

谈及二十四节气，我们顺应自然，食之以时，春尝鲜芽、夏品瓜甜、秋收硕果、冬享根醇。这本书就像是一本活生生的时令食谱，告诉你什么时候该吃什么，怎么吃才最地道。

地方特色美食亦是不可或缺，它们虽不起眼于喧嚣尘世，却承载着地域文化的独特风情与记忆深处的故事。街头巷尾的烟火气，深宅大院中的私房秘制，在这本书中，它们不再只是食物，而是成为连接过去与现在的桥梁。

更有那些令人魂牵梦绕的古菜名点，以及影视剧中令人垂涎的美食佳肴，复刻它们，不仅是为了满足口腹之欲，更是为了那份对传统的敬畏与传承。

《这一口吃的是文化》，它如同一缕穿越时空的炊烟，带着历史的醇香与生活的烟火气，让心灵得以栖息。它轻声告诉我们：生活，不仅仅有诗和远方的浪漫，更有这一口一口，咀嚼出的历史韵味与文化深度。

·第四卷·
地方特色美食 一二七

·第五卷·
小说影视美食还原挑战 一七三

·第六卷·
新中式饮食美学 二一一

·后记·
研旧所的故事 二四六

目录

第一卷 传统节日美食 〇〇一
第二卷 美食里的非遗故事 〇四三
第三卷 古菜名点复刻挑战 〇七七

「小孩儿，小孩儿，你别馋，过了腊八就是年……」

传统节日和美食自古有着密不可分的关系，那是中国人心里家的味道、童年的味道。

腊八粥为我们开启了节日的序章，那么，就请和我在美食飘香中一起走进传统中国节吧！

传统节日美食

·第一卷·

腊八粥 002
年糕新吃 006
馎饦 010
佛山年夜饭 014
九大簋 018
玫瑰汤圆 022
奶酪粽 026
宋代笑靥儿 030
米月饼 034
重阳糕 038

腊八粥

一碗清香的甜粥，品尝家的味道

品名：腊八粥，又名七宝五味粥、佛粥、大家饭等

江湖地位：腊八节喝甜粥，传承千年的习俗

历史上的它

古人非常重视祭祀活动，希望得到神灵、祖先的庇佑，祈盼来年风调雨顺、五谷丰登。腊八节的前身是古代重要的年终祭祀活动“腊日”，在先秦时期就已经存在了，最开始没有固定日期。到了魏晋南北朝时期，随着佛教的传入，“腊日”与农历十二月初八的释迦牟尼成道日相结合，演化成了现在我们熟悉的腊八节。

关于腊八粥的由来，民间众说纷纭：有人说上古五帝之一颛顼帝的儿子死后变成恶鬼，专门吓唬小孩，它最怕红豆，于是人们就用红小豆、赤小豆煮粥给小孩喝，演变成腊八粥；有人说喝腊八粥是为了纪念修建长城的工匠；有人说是西晋人为了教育子孙后代勤俭持家发明了腊八粥；也有人说朱元璋小时候差点被饿死，是一碗腊八粥救了他的命……

有关腊八粥的文字记载最早可追溯到宋代，与佛教文化有关。南宋吴自牧的《梦粱录》写道：“**大刹等寺，俱设五味粥，名曰腊八粥。**”到了清代，不仅民间喝腊八粥，皇家也要在雍和宫举行盛大的腊八仪式。清人仁虎《腊八》诗云：“腊八

家家煮粥多，大臣特派到雍和。圣慈亦是当今佛，进奉熬成第二锅。”

战争年代，寺院的腊八节习俗一度衰落。1978 年，杭州灵隐寺重启腊八节习俗，如今已经成了浙江地区春节前夕僧俗共举的重要民俗活动。2021 年 5 月 24 日，腊八节习俗被列为国家级非物质文化遗产，它象征的中华文明的千年智慧与魅力，将永远流传下去。

还原挑战

腊八粥的食材，因各地物产而有不同，也因个人喜好有所不同。传统用料包括糯米、红豆、枣子、栗子、花生、白果、莲子、百合八种食物。

我做腊八粥基于传统用料并做了创新：糯米洗净后浸泡三个小时左右；红豆提前泡一夜，花芸豆、薏米和红米提前泡三个小时，莲子、桂圆、核桃提前一个小时浸泡。核桃焯水去皮，红枣、桂圆去核，莲子去芯。

冷水直接下泡好的红豆、花芸豆，煲煮二十分钟后，倒入泡好的米还有其他的食材，小火熬煮一个小时就可以喝了。

这样做出的口感软糯、味道清甜，是我喜欢的味道。一年一岁一团圆，无论大家身在何方，记得一定要喝一碗腊八粥。

年糕新吃

南方小年的美味 

美食名片

品名：琉璃年糕；奶茶年糕

江湖地位：小年吃年糕，生活年年高

历史上的它

小年也叫交年节、灶神节、祭灶节，来源于古人对火的崇拜。古人认为灶神将在这一天到天庭向玉皇大帝做年终总结，汇报每家每户的善恶言行。这是春节正式开始的前奏，家家户户都会在这一天剪窗花、打扫卫生，向灶神祈福，为来年求一个好兆头。

我国南北方小年习俗略有不同：北方小年腊月二十三，吃糖瓜；南方小年腊月二十四，吃年糕。这些粘牙的食物有一个共同的作用：黏住灶神的嘴，让他去天庭汇报工作时只说人间好事，不说坏事。

年糕是汉族的传统食物之一，传统的年糕由大米或糯米制成。相传，春秋时期的大军事家伍子胥在建造吴国城墙打地基时使用了由糯米制成的砖石，后来，这些砖石成了饱受战乱之苦的百姓们度过饥荒的救命粮。当地（今江苏一带）百姓**为了纪念伍子胥开始制作、食用年糕。**

因为谐音“年高”，年糕被人们赋予了“年年高升”的美好寓意。年糕做成后主要有红、黄、白三色，象征着金银

财宝，寄托了人们对未来生活的美好祝愿。

创新挑战

现在年糕的吃法不再像古人那么单调，我们可以煎、炸、蒸、煮，或者搭配各种食材，怎么吃都好吃！作为一个美食博主，我接下来将挑战两种高颜值的年糕新吃法。

先来做一份**琉璃年糕！**

把年糕切成等分量的小方块，中火蒸八分钟左右。锅中加入清水，加入白凉粉搅拌至融化沸腾，再加入干桂花搅拌均匀出锅。稍微凉至六十度左右，就把桂花汤倒入装有年糕的大盘中，冷藏半小时定型后，脱模。再把琉璃年糕切成“回”字形小块就可以啦。

一杯丝滑的**奶茶年糕**，是琉璃年糕的绝配！

将茉莉花、绿茶、冰糖倒入锅中用小火翻炒三分钟。加入少量水煮五分钟，过滤出茶水，加入牛奶。龙井茶粉加少量温水融化，倒入牛奶中搅拌均匀，小火煮至微开即可关火，此时茶香奶香萦绕在空气中。最后加入一块年糕，使其与奶茶浪漫地相拥，撒上桂花，倒也是一种别样趣致。

琉璃年糕香甜软糯，咬下去有童年幸福的味道；清新的茶香与甜美的年糕交相辉映，不仅是味觉上的享受，更是生活中不可替代的温暖。让我们一起尝试年糕的花样吃法，品尝生活的美好滋味。

小年吃年糕，生活年年高，愿我们都越来越好！

馎饦

古人除夕夜的温暖记忆 

品名：馎饦

江湖地位：宋代除夕夜宴必备美食

历史上的它

馎饦（bó tuō），看到这两个冷僻的汉字，你脑海里是不是已经缓缓打出了一串问号：这是个啥？它是古人吃的一种水煮面食，样子和我们现在吃的面条、面片汤差不多。

馎饦这一名字出自北魏贾思勰所著的《齐民要术·饼法》，它由北方游牧民族发明，经过历史的沉淀，逐渐传入中原，口味和做法也有了很多变化，并在宋代成为年夜饭上不可或缺的一道佳肴。

宋代谚语称“冬馄饨，年馎饦”，陆游《岁首书事》诗道：“中夕祭余分馎饦。”在除夕夜，人们用它敬奉完祖先后，再全家老小一起分食，寄托了辞旧迎新的美好祝愿。

还原挑战

馎饦的制作过程虽不复杂，却充满了匠心与温情。在两百克面粉中加入八克食用油、一百毫升水，将其搅拌成面絮。

揉成光滑面团，搓成长条，取面剂子压成饼，放入水中静置半小时。这样的面条更加筋道，在《齐民要术》里，这种方法被称为“水引法”。

接下来，便是煮馎饦的关键步骤。一锅清水烧开，将面条轻轻放入其中，待其翻滚几圈，变得柔软而有弹性时，便可捞出。

我国自古就有“无鸡不成宴”的说法，所以除夕夜，一碗鲜美的鸡汤配上馎饦再合适不过了。你也可以根据自己的喜欢更换汤底。

在古代社会，由于交通不便、信息闭塞，人们往往难以在平日里团聚。而除夕之夜，无论身处何方的人们都会尽可

能地回到家中，与家人共度这一重要时刻。所以除夕夜这一碗热气腾腾、香气扑鼻的馎饦寄托着团圆和幸福。

希望这份来自古时候的温暖，在我们的生活中延续下去。

佛山年夜饭

广东醒狮文化里的烟火香

品名：佛山年夜饭

江湖地位：佛山人记忆里最浓烈的色彩

广东醒狮文化

在广东佛山，醒狮表演和佛山年夜饭，是春节缺一不可的仪式感，更是流淌在佛山人血液里的家乡记忆。醒狮属于中国舞狮中的南狮，它源于唐代宫廷的狮子舞。五代十国时期中原人南迁，将它带倒了岭南地区。到了明代，由南海县（今南海区）开始，醒狮逐渐在广东流行起来。**起初它被命名为“瑞狮”，但因为广东话里“瑞”的发音像“睡”，所以改称“醒狮”。**

佛山人对醒狮的狂热，源于一则民间故事：相传古时候佛山附近有一只怪兽，每年年末都会到村镇里搞破坏，伤人

无数。与年兽害怕烟花爆竹不同，这只怪兽害怕的是狮子。于是聪明的村民们做了好多五颜六色的假狮子，每当怪兽来袭，人们就敲锣打鼓、舞动假狮子，将它吓退。久而久之，人们认为舞狮有驱灾辟邪、祈愿送福的作用，醒狮也就成了佛山人过年必备的民俗活动。

2006 年 5 月 20 日，广东醒狮入选了第一批国家级非物质文化遗产名录。醒狮将武术、舞蹈、音乐融为一体，极具观赏价值和传承意义。

佛山年夜饭

看完热闹的醒狮表演，再吃一顿丰盛的佛山年夜饭，佛山人的年才算是过得圆满。

佛山年夜饭菜式多样，内容非常丰富，八菜一汤是标准搭配。但不管花样怎么变，一定少不了这几样：鸡、鱼、虾、猪肉、香菇和青菜。篇幅有限，给大家介绍几道精彩的。

“龙跃凤鸣”——桂圆鸡汤：俗话说“无鸡不成宴”，“鸡”与“吉”谐音，象征生活吉祥如意。桂圆也叫龙眼，而民间常把鸡唤作“凤”，当龙眼与鸡相遇，便成了这道“龙跃凤鸣”的汤品。

“龙凤呈祥”——柱侯鸡：这道菜从清代流传至今，已有近百年的历史。俗话说：“未尝柱侯鸡，枉作佛山行。”金黄的柱侯酱包裹着整只鸡，甜香味扑鼻而来，是传统粤菜中少有的浓郁口味。

“龙飞凤舞”——捞鱼生：自古以来，中国就有吃鱼生的习惯，佛山顺德的鱼生被誉为“中华美食的活化石”，发展至今简直是出神入化。薄薄的鱼片晶莹剔透，配上葱丝、藠头、尖椒，口感奇妙极了，简直是“齐齐捞起，风生水起”！

“飞龙在天”——蒜蓉粉丝蒸龙虾：虾代表着富贵吉祥、开心快乐。如今生活条件越来越好，餐桌上的大龙虾也越来越气派。除了年夜饭，商务宴请、庆典酒席、婚宴、生日宴，很多时候也都会有一只大龙虾昂首挺胸地来“坐镇”。

“龙霸天下”——佛山扎蹄：大家都知道佛山的功夫、佛山的粤剧、佛山的龙舟龙狮文化，那你知不知道佛山的传统名菜扎蹄呢？这可是地道的佛山土特产，已经流传了百年，是一道来佛山旅游必尝的特色菜。

九大簋

大年初二，开年大吉

品名：九大簋

江湖地位：流传八百年的盛宴，听过的多但吃过的少

历史上的它

九大簋是广东人心中一个非常重要的文化符号，尤其在珠三角地区，年节、婚庆、生日、满月……重要的日子里，很多人都会办这样一桌传统盛宴。大年初二，我选择用它来迎接一年的吉祥如意。

根据东莞南社村的记录，九大簋从建村之初就有，起码有八百年的历史。实际出现时间可能更早，只是现在难以找到记录了。虽然一直是民间口耳相传，但“九大簋”这个名字却有着非常深厚的文化底蕴。

“九”与“久”同音，象征着长长久久。在中国传统文化中，“九”还有非常深刻的哲学内涵：“九”是最大的单数，古人认为它象征着事物发展到巅峰的状态，象征着至高无上的地位和力量，有着十分美好的寓意。古代哲学中有“造化之初，九大相争”的观念，风、云、雷、雨、海、火、水、地、天这九种自然元素是宇宙的起源，它们相互碰撞，构成了世间万物。尤其在粤文化中，这一观念被发扬光大，延伸出了九大簋。

簋这一器具可以追溯到商周时期。它的外形一般是圆口、双耳，很像我们现在用的碗。簋是当时非常重要的礼器，由青铜铸造，用以祭祀和宴飨。一般情况下，簋和鼎会配合使用，并且根据使用者的身份等级有明确的数量规定：天子九鼎八簋、诸侯七鼎六簋、大夫五鼎四簋、卿或士三鼎二簋。

研旧所版九大簋

民间做九大簋并没有固定的菜式，八菜一汤，主打一个丰盛、量多。但是有一个约定俗成的规定：牛在古代是重要的生产力，所以不用牛肉。

制作研旧所版九大簋，我花了整整八个小时——

“吉祥如意”白切鸡、“年年有余”清蒸鱼、“聪明勤奋”芹菜小炒、“发财就手”莲藕焖猪手[1]、“幸福美满”芋头扣肉、“生生猛猛”白灼虾、“蒸蒸日上”清蒸粉丝扇贝、“招财进宝”花菇蚝油生菜、“金玉满堂”瑶柱粟米羹。

1 传统的“发财就手”一般是发菜焖猪手，但现在发菜已经成为国家一级保护植物，因此我用莲藕代替。

作为南方最高规格的宴席之一，九大簋常常使人们想起各种山珍海味。实际上，食材并无贵贱之分，我们都在用自己认为最珍贵的食材做自己心里最隆重的菜。比起菜品，团聚所包含的人情礼节更为重要。只要人在、情在，哪怕清汤寡水，也是佳肴美馔。

玫瑰汤圆

元宵节，古人比我们会玩多了

美食名片

品名： 玫瑰汤圆

江湖地位： 给传统节日增添一份浪漫

历史上的它

汤圆起源于宋代，是元宵节必不可少的一道传统美食，代表着团圆、幸福。起初它因为煮熟了漂浮在水上的造型，被形象地称为“浮元子”，后来因为南北方制作手法不同，有了**“北滚元宵，南包汤圆”**之分。

元宵节起源于西汉，至今已经延续了两千多年，是中国春节年俗最后一个重要节日。过完元宵节，整个春节才算过完。它是新年伊始的第一个月圆之夜，**象征着一元复始、大地回春。**《说文解字》记载：“元，始也。”“宵，夜也。”因此，宋代人把这个节日命名为“元宵节”。在此之前，它也被称为“元夜”“上元”“元夕”。

中国人历来有“闹元宵”一说，说的就是元宵节的活动丰富多彩。赏月、放烟花、看花灯、猜灯谜、社火表演……主打一个热闹。

然而你知道吗？在古代，元宵节除了祈求团圆美满，也肩负着“相亲大会”的职责。古代女子平时基本上大门不出二门不迈，但元宵节这天是特例。古代的未婚男女通常会在元宵灯会传情达意，元宵节也因此成了非正式情人节。辛弃疾就曾留下“众里寻他千百度，蓦然回首，那人却在，灯火阑珊处”的绝美词句，李清照和她的丈夫赵明诚也是在元宵灯会结缘的。在漫天的花灯下相识相遇，是爱情最浪漫的开始。

那么，谁能说汤圆的甜蜜，不是爱情的滋味呢?

创新挑战

传统的汤圆通常是用黑芝麻、花生做馅，但既然古人把元宵节当情人节来过，我们不如也给汤圆加一层浪漫的粉红滤镜吧!

先来调内馅：摘掉可食用干玫瑰花的花托，只留花瓣，捏碎；再加入适量的白糖和桂花，加少许热水搅拌均匀，分成小份，冷藏备用。

再来熬个银耳汤底：水中加银耳、玫瑰花、冰糖，熬至浓稠就可以了。

接下来就要开始包汤圆啦！十克糯米粉加八克水，揉成面团压扁，放水里煮至浮起；九十克糯米粉和适量草莓粉混合，加入煮好的面团和七十二克水，揉成光滑的粉色面团；分出十六克左右的一个剂子，捏成碗状包入馅料，搓圆。

水开下汤圆煮至浮起，捞出放入银耳汤中，撒上桃花瓣点缀，完成！

粉粉的汤圆包裹着清香的玫瑰桂花糖馅，浪漫可以融入生活中的每一个细节！

奶酪粽

端午节，换一种粽子尝尝鲜

品名：奶酪粽

江湖地位：传统与现代的奇妙融合

历史上的它

端午节是中国传统四大节日之一。关于它的由来，我们最熟悉的是纪念爱国诗人屈原。也有人持不同观点：江浙一带普遍认为端午节纪念的是伍子胥或东汉时期的孝女曹娥。闻一多则在他的作品《端午考》和《端午节的历史教育》中，提出端午节是源于古代百越族人对龙图腾的崇拜。可无论哪一种，古人包粽子，都是用于祭祀祖先或神灵的。

小小一枚粽子，承载了千年的文化底蕴。

其实早在春秋时期，人们就已经开始用粽子来祭祀了。东汉末年，人们用菰叶包着被草木灰水浸泡过的黍米，裹成四角形煮熟，后来发展成了广东碱水粽。西晋新平太守周处在他的作品《风土记》中最早以文字的形式记录了端午节和粽子（书中称之为“角黍”），自此粽子成了端午节的标配食物。

每年端午节吃粽子，网友们都要来一场关于“南咸北甜”的热烈讨论，好像在各种口味的粽子中争出个高低，也已经成了节日的一部分。其实，古人包的粽子口味、样式就已经

五花八门了——

晋代人们会在糯米中加入一味叫“益智仁”的中药，把这种粽子叫作“益智粽”；唐代人则在形状上做了创新，包出了菱形、锥形的粽子；宋代盛行蜜饯粽，苏东坡有一句话“时于粽里见杨梅”；元、明时期，不但豆沙馅、红枣馅、松子馅等大受欢迎，粽叶也开始用到箬叶、芦苇叶；清代有了火腿咸粽，并且还创新出了“笔粽”的造型，谐音“必中”，若是谁家有学子要去参加科考，一定会吃上一顿“笔粽”。

创新挑战

既然粽子历来都没有标准配料表，我们不如也来大胆创新一次吧！

我的灵感源自双层奶酪棒。奶酪棒不只属于小孩子啦，

也很适合充满童心的我们！

准备一百五十克西米、九十克水、二十克糖，果酱奶酪、色粉各适量。

把西米平均分为两份，色粉加四十五克水搅匀，倒入其中一份西米，加入砂糖，搅匀静置三十分钟。另一份原味西米除了不加色粉，同样的操作。

把奶酪打碎，和果酱融合在一起，光闻味道就能想象到它有多好吃了！

粽叶剪掉两端，折成锥型，依次放入彩色西米、果酱奶酪、原味西米，拿勺子压实，用棉绳子捆起来，然后放入锅中水煮三十分钟就可以出锅啦！

这份现代的双色奶酪粽，不仅代表着端午安康，更象征着好事成双。将双层幸福注入每一颗粽子，让端午节的文化传统在创新中向未来流淌！

宋代笑靥儿

七夕乞巧果，品千年传统之韵

美食名片

品名：笑靥儿

江湖地位：宋代七夕必吃榜的第一美食

历史上的它

“笑靥儿”，看到这几个字，你脑海里是不是已经浮现了美好的笑脸、可爱的酒窝儿？在宋代，这个词可不单单是一个代表幸福、开心的表情，还是七夕必吃美食乞巧果子的别称。

在古代，七夕节并不只是为了纪念牛郎织女这对“异地恋”情侣。它起源于古人对星辰的崇拜，《诗经·小雅·大东》中就提到过织女星。到了汉代，七夕成为一个固定的节日。古代女子无论老幼，都会在这一晚向织女祈愿。民间有《乞巧歌》唱道：**“乞手巧，乞貌巧；乞心通，乞颜容；乞我爹娘千百岁；乞我姊妹千万年。”**可见除了爱情，古人还有各种美好的盼望。

乞巧果子笑靥儿起源于北宋，当时的文学家孟元老在《东京梦华录·七夕》中记录了这道点心：“又以油面糖蜜造为笑靥儿，谓之果食，花样奇巧百端，如捺香方胜之类。”方胜是古代的一种传统花纹，由两个菱形压角叠加组成，象征同心同德、同舟共济。除此之外，剪刀、石榴、花朵、苹果、

金鱼……各种形状的笑靥儿应有尽有。据说，古人甚至会把它做成门神的模样！光是想象一下就觉得生动有趣。有时候古人也会给笑靥儿染上七种颜色，与七月初七相对应。

还原挑战

根据《东京梦华录》的记载，我还原了笑靥儿。

三百克中筋面粉，加入两个鸡蛋、六十克猪油、适量白糖和可食用色粉，搅匀。

准备酵母水，加入面糊中搅匀，然后揉成光滑的面团，盖上纱布，醒发一刻钟

选择自己喜欢的模具压制笑靥儿，放进预热好的烤箱，一百七十摄氏度烤制二十五分钟，大功告成！

古人的七夕习俗其实有很多，结彩线、穿乞巧针、喜蛛应巧……然而随着时间的流逝和人们观念的变化，一些民间习俗渐渐在我们的生活中淡化。但我始终觉得，传统的东西我们不一定非得在如今的生活中继续尊崇，可是在记忆里，它们应该被留下。

米月饼 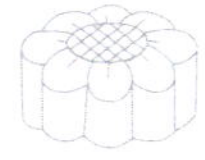

你了解中秋标配的“前世今生”吗

品名：月饼

江湖地位：花好月圆人团圆

历史上的它

北宋苏东坡有一句诗经常被认为是在介绍月饼："小饼如嚼月，中有酥与饴。"但事实上，这种"小饼"只是月饼的前身，在北宋民间也被称为"月团"。它的饼皮由小麦粉、饴糖、猪油等材料制成，包裹着猪油丁、松子、果仁等做的馅料，有点像现在的苏式月饼和京式月饼。

南宋吴自牧的《梦粱录》中最早记载了"月饼"一词，但是在当时，月饼只是一种日常小吃，"四时皆有，任便索唤，不误主顾"，并没有和中秋节关联起来。

直到明代，吃月饼成了过中秋节的习俗，无论皇宫里还是民间，月饼都被视为团圆的象征，人们会相互赠送月饼，寄托对亲朋好友的美好祝愿。因此，以明代为背景的《武林外传》中，李大嘴做月饼的剧情并非空穴来风。明代宦官李若愚的《酌中志》明确写道："自初一日起，即有卖月饼者，至十五日，家家供奉月饼、瓜果……如有剩月饼，乃整收于干燥风凉之处，至岁暮分用之，曰团圆饼也。"赏月、分享美味的月饼、时令瓜果，与我们现在过中秋节无异。不过，

把剩下的月饼留到年底做团圆饼食用，作为一个美食博主，我真的有点好奇：古人到底是用了什么防腐技术呢？

到了清代，月饼的做法越来越讲究。袁枚的《随园食单》中记录了一种名为“刘方伯月饼”的酥皮果仁月饼：用切碎的松仁、核桃仁、瓜子仁、少量冰糖和猪油调馅，山东飞面做酥皮，吃起来甜而不腻、香酥松软。只看这描述就让人觉得口水直流。

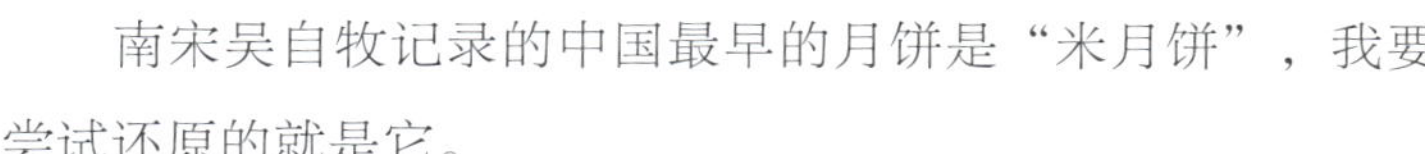

还原挑战

南宋吴自牧记录的中国最早的月饼是“米月饼”，我要尝试还原的就是它。

它的饼皮是用米粉做成的：一百零八克糯米粉和八十克

粘米粉混合，上锅蒸二十分钟，或者炒熟。在熟透的米粉中加入五十克酥油、六十五克蜂蜜、一百一十毫升纯净水，揉成光滑的面团，取五分之一面团放入滚水中煮一下，拿出来后跟剩下的揉在一起，再均匀分成每个二十六克的小剂子。

我包的是豆沙馅，每十九克豆沙做一个小剂子，包入饼皮内，揉圆，放入自己喜欢的模具中压出形状。

面团和豆沙都是熟的，可以直接开吃啦！

八月时节，桂花盛开，宋人会用其来精心酝酿成美酒，更在中秋之夜佐以美食，方能让美酒顺畅入喉，尽享佳节之欢。而如今，我们还比古人多了一份美味的月饼，当真是惬意。祝大家中秋人月两团圆！

重阳糕 

健康、幸福、团圆和丰收的永恒祝愿

品名：重阳糕，又称花糕、菊糕、五色糕

江湖地位：重阳节的必备糕点

历史上的它

重阳节是我国又一个重要的传统节日。和七夕节一样，它最初来源于古人对天象的崇拜。古人认为“九”是最大的阳数，农历九月初九，两个“九”相重，所以叫“重阳”。它象征着九九归真、一元肇始，是最吉祥的日子，于是古人在这一天登高祈福、祭祖、祭天，期盼丰收、长寿、团聚。

重阳节的民俗活动非常丰富：**登高、晒秋、插茱萸、饮菊花酒、吃重阳糕。**作为一个美食博主，我最感兴趣的当然是重阳糕啦！关于它的由来，古人有好几种说法。

最常见的观点认为，古人最开始吃重阳糕是因为平原地带没有山，没法去登高，而“糕”与“高”谐音，于是开始吃重阳糕做登高习俗的替代，取吉祥、步步高升的美好寓意。有时重阳糕上插着小旗，这是因为有些地方采摘不到茱萸，于是古人用小彩旗取代。不得不说，用吃糕代替登高、插旗代替插茱萸，古人比我们爱玩谐音梗。

另一种说法认为，重阳糕是由先秦时期一种叫“蓬饵”的食物演变而来。还有一种是说法认为和帝喾去世、尧继位纪念仪式上人们吃的糕点有关。各种说法均来自民间传说，没有统一标准。

还原挑战

重阳糕的做法各地均有不同，不过一般都是使用米粉。我做的版本，据说是明朝宫廷中的御厨专门为正德皇帝制作的节令贡品。

准备粘米粉两百克、糯米粉三百克、细砂糖一百二十克，

加少量清水，搅拌至均匀的干粉状态。把搅好的米粉均分成两份，其中一份加入八十克玉米粉，搅拌成用手抓能成团、一捏就散的质地。

将两份米粉分别过筛一遍，过筛网可以选择孔细一些的，这样过筛出来的米粉质地非常细腻，蒸出的重阳糕口感也更加软糯。

将过筛的原色米粉放入模具中底层，整平后上锅蒸五分钟后，加入红豆沙。这里注意不要用力按压，轻轻地整平就好。

接着在上面加入玉米米粉，轻轻地铺平。

最后在上面撒上果仁。传统的重阳花糕常加入大枣、栗子、山楂等果干，这次我用的是坚果仁，更加多样化以及有营养。上锅蒸二十分钟，就得到了一份松软可口的重阳糕。

重阳节传承至今，永怀热爱，孝道永存，这就是永恒的意义吧！

说到『非物质文化遗产』，大概你的脑海里会浮现出很多高大上的画面。其实非遗渗透在我们生活的方方面面，简简单单的一餐饭，也是一种传承。

美食里的非遗故事

·第二卷·

云片糕 044

嵌字豆糖 048

宋嫂鱼羹 052

双皮奶 056

龙须酥 060

鲜花饼 064

东坡肉 068

腌笃鲜 072

云片糕

雪片变云片，乾隆皇帝“手抖”的杰作

品名：云片糕

江湖地位：梅州市市级非物质文化遗产

历史上的它

云片糕，因为形似书页又名书册糕，是江苏、广东梅州、潮汕等地的传统美食，主要由糯米粉制成。这种糕点片片薄而洁白，柔软如凝脂，入口即化，十分美味。**2015年，流传了几百年的云片糕被列入梅州市市级非物质文化遗产名录。**

按照民间传说，云片糕最初应该叫作“雪片糕”。这个名字的由来，还有一段关于乾隆皇帝的趣事。

相传乾隆皇帝下江南时，路过徐州时应一位姓汪的盐商请求，到他家暂住。当时正值寒冬腊月，窗外大雪纷飞，乾隆皇帝在窗边赏雪诗兴大发，随即张口创作：“一片一片又一片，三片四片五六片，七片八片九十片……”然后他就卡了，想不出词儿来干着急。

这时，汪姓盐商端来一盘糕点请乾隆皇帝享用，恰到好处地化解了他的尴尬。盘中糕点片片纤薄洁白，看上去就让人很有食欲，乾隆皇帝尝了一片就爱不释手。吃了十几片之后，他向盐商询问这糕点的名字，盐商说：“这是我家祖传的小吃，没什么名字，还请皇上赐名。”

乾隆非常高兴，想到这糕点化解了他刚才的尴尬，不由得笑道：“这糕点形似外面的雪片，不如就叫‘雪片糕’吧！”然而题字时一不留神，却写成了“云片糕”。

复刻挑战

云片糕之所以能成为非物质文化遗产，我想，与它复杂的制作技艺有着很大的关系。

首先来做熟糕粉。

炒米大概是最简单的一个步骤。熟糕粉的主料是纯白大糯米。纯糯米的话会比较粘牙，所以加入了籼米来中和糯性，比例为七比三。在锅里加入糯米和籼米，以小火翻炒，使其炒熟，呈微黄色。

接下来，把炒好的熟米倒入破壁机中，分次磨成粉，并

用细筛网过滤一遍。将熟糕粉拿去自然风干，风干后放在阴凉处存放三个月以上。这一步叫**陈化**，这样能够吸潮去燥，增强柔韧性，使口感更加松软爽口。

制湿糖是云片糕的另一个关键步骤。将绵白糖、无味植物油、水和麦芽糖浆混合搅匀，静置过夜，这叫“**润糖**”。特别提醒，记得一定要过夜哦。

把提前陈化好的熟糕粉，和润好的糖混合搅拌，用手抓匀，直至让糕粉抓在手里可以成团为止，再用细筛网过滤出细腻的粉末，使之发绒柔软，成为我们所说的**调粉**。

在模具中撒入一半量的糕粉，压实。再铺第二层糕粉，继续压实。压得越实，糕体才越细腻。

将模具放入蒸锅隔水小火蒸煮，三分钟后糕体凝固成型，取出模具。接着蒸三分钟，快速撒上熟糕粉，防止水分流失，待凉后切成薄片。

雪白如云，形似无字天书。我喜欢中式糕点，不仅因为其口感，更因为它们承载着中国文字之美，蕴含着诗情画意。随着我们不断长大，放学后捏两片云片糕丢进嘴里的少年时代渐渐远了。所幸，这一片雪白如云的传统糕点，已是非遗美食，得以长久传承下去，白云一片去悠悠，清清蓝蓝人世间！

嵌字豆糖

非遗美食嵌字挑战

品名： 嵌字豆糖

江湖地位： 安徽省省级非物质文化遗产

历史上的它

老话讲：“大火芝麻小火豆。”这两种再常见不过的食材碰撞在一起，能出现什么样的奇迹呢？安徽省祁门县，就有一样用它们做出来的非遗美食——嵌字豆糖。

明清时期，嵌字豆糖开始在祁门民间流传开来。方方正正的糖片里，嵌的字一般是“福”“禄”“寿”“喜”“吉”“旺”等有好彩头的字。逢年过节人们拿来它招待亲朋好友，或者让孩子一边吃一边认字，真正实现了“咬文嚼字”，把文化吃进肚子里，把祝福吃进心里。

复刻挑战

制作嵌字豆糖，原料非常简单，只需要黄豆、黑芝麻、麦芽糖、清水；但它的工艺非常复杂，制糖师傅从熬糖、磨粉开始，要经过整整二十八道纯手工工序，才能得到精美的糖片。

我这次的还原挑战并不算成功，但学习非遗技艺最真实的过程，还是值得记录一下。

要提前规划好要嵌入的字的笔画，以对应后续的面皮切割数量。我选的是“山河”二字，愿祖国繁荣昌盛，山河无恙。

把黄豆和黑芝麻炒熟、磨成粉，这看似最简单的一步，也需要注意很多细节。炒黄豆火候要小，炒老了不行，豆子太黄颜色不好看，炒嫩了豆腥味太重不好吃；炒芝麻则要大火快炒，这样炒出来的芝麻才香。

烧一锅热水，加入麦芽糖熬成糖浆，直到用筷子可以拉出糖膜，就可以分别把之前磨好的豆粉和黑芝麻粉加进去揉成面团了。但是这一步需要忍着烫，快速操作，从一百摄氏度到糖浆完全冷却，只有二十分钟时间。第一次尝试，在我还没有反应过来的时候，糖浆面团已经完全冷却凝固了！

经过多次尝试，不断加快手速，我终于得到了两团糖浆面团，擀出了两块稍微看得过去的面皮，又根据字形切出了对应的笔画。但组装完成后，信心满满地去拉糖，却惨遭滑铁卢——完全拉不动啊！

学做非遗哪有这么简单呢？人生总是有很多事情不是一蹴而就的，我想，再来一次吧，再来一次也许会更好一点。

这次麦芽糖加水稀释且分量加多，面团柔软的时间能延长些。所谓熟能生巧，这次前面的步骤我顺利多了。

黄豆面皮包裹好字形后，慢慢拉伸成长条，这个过程力度的把控是关键，用力过度字的笔画容易变形。在忐忑不安中期待着，一刀切开：“山”“河”二字终于出现在我眼前！

虽然形状不完美，但我仍是感动的。“咬文嚼字”，我要把山河放在我的心里。祝福寄托在字里行间，甜蜜的滋味又岂止在糖本身。纵使不是英雄，我仍怀揣一颗中国心！

所有的非遗手工匠人都值得大家尊重，所有传统美食里蕴含的祝福都值得我们感动。

非遗传承很难，但总有人在坚守，而且一路前行。

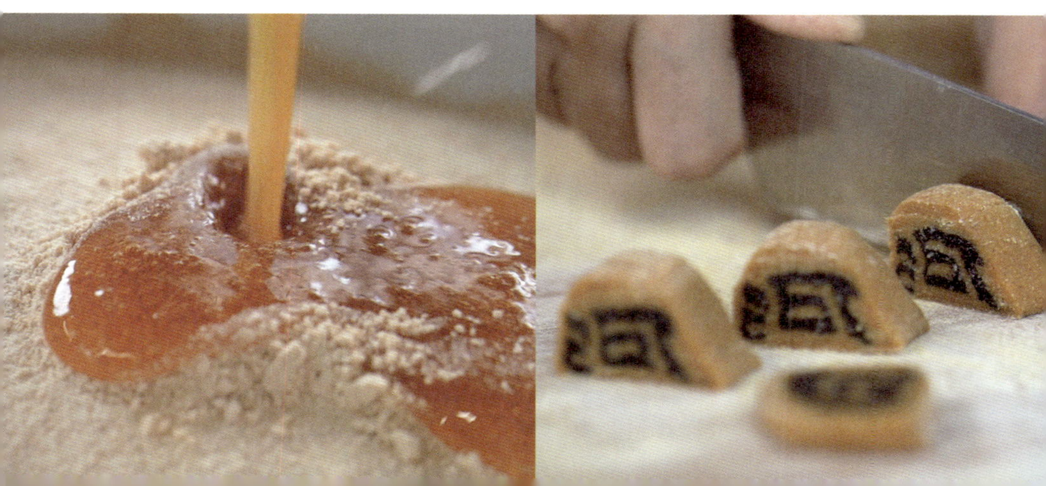

宋嫂鱼羹

一段前朝往事的回忆

美食名片

品名：宋嫂鱼羹

江湖地位：浙江省非物质文化遗产

历史上的它

中国历史上动辄流传千年的小吃、点心很多，但是宋嫂鱼羹却是少有的以一道菜流传八百多年的平民代表作。

靖康之变发生后，汴京（今河南开封）失守，宋高宗赵构迁都应天府（今河南商丘），建立南宋，后禅位给养子宋孝宗赵昚（shèn）。难民们跟着朝廷一起南下，原本生活在汴京的厨娘宋五嫂便落脚在临安西湖钱塘门外。为了维持生计，宋五嫂在西湖边开了一家小饭馆做起老本行，主要就是卖她自创的这道鱼羹。

一次偶然的机会，退位后的赵构在随从的陪同下游西湖，遇到了宋嫂，听她说自己曾经在汴京生活过后倍感亲切，便尝了她的鱼羹。

一口鱼羹下肚，是故乡熟悉的味道。曾经在汴京的辉煌从赵构脑海中席卷而来，令他五味杂陈。赵构对宋五嫂大加赞赏，赏赐了很多金银绢帛。宋嫂鱼羹也因此声名远播，成了杭州有名的菜品。

复刻挑战

宋嫂鱼羹的具体做法并无记载，但是要想鱼羹味道好，选材和制作必得十分讲究。我基本是沿用了国宴的做法。

首先，选老母鸡一只，放入姜片，葱结，慢火炖煮五六个小时。选用新鲜的鳜鱼，去除鱼鳞和内脏后，鱼肉切丝，加适量盐、味精、白胡椒粉、蛋清，抓匀后用生粉上浆，包裹住鱼丝，撒入姜末去腥，腌制片刻。然后，将香菇、火腿、木耳、葱、笋等食材切丝备用。油锅烧至三成热后，将鱼肉滚水焯熟，然后将香菇丝、笋丝也焯熟备用。

锅中加入鸡汤，把焯熟的香菇丝和笋丝倒入锅里，再把滑过的鱼丝下到锅里，最后勾芡，放点胡椒粉。出锅前在鱼羹上滴两滴米醋，将鱼羹倒入盘中，撒上火腿丝和葱丝即可。

品尝一口宋嫂鱼羹，仿佛置身于宋朝的街巷之中，感受“杭城市肆各家有名者”“钱塘门外宋五嫂鱼羹”。我想，鱼羹虽美，但是能让其在历史上留下如此浓墨重彩的一笔，更多是因为**它是一段历史的见证、一段前朝往事的回忆。**

双皮奶

带你穿越回清末时期的顺德

品名：双皮奶

江湖地位：广东省非物质文化遗产

历史上的它

说起粤式甜品，大概很多人第一时间想到的都是双皮奶。但很多人不知道的是，这样大街小巷随处可见的小吃，也已经有了上百年的历史，还是省级非物质文化遗产呢，所以可千万别小瞧了它！

味道最正宗的双皮奶当属顺德的民间手艺。它诞生于清末，但过程民间口口相传的却有两种说法——一种是说顺德一个农家小伙子，做早饭时用牛奶玩了个花样，阴差阳错地创新出了双皮奶；另一种说法是顺德一户董姓人家以卖牛奶为生，处理剩牛奶时发现了双皮奶这种美味的吃法。

顺德双皮奶奶香浓郁、口感丝滑，上层奶皮甘香，下层奶皮滑润，其原因在于当地人使用的是水牛奶。水牛奶水分少，脂肪和蛋白质的含量比普通的牛奶要高，凝结出的奶皮才更厚、更漂亮，味道也更好。

复刻挑战

把五百克水牛奶倒入锅中，用小火煮开。为了避免糊锅，要边煮边顺时针搅拌，煮开就立马关火，分装到碗里，等它凉凉了就会结出一层奶皮。

用筷子在碗边奶皮上挑开一个小孔，倒出牛奶备用，只剩奶皮在碗底。

取五十克蛋清搅散，加入刚倒出的牛奶和四十克白糖，搅拌至糖完全融化，把奶浆过一次筛，倒入有奶皮的碗里，封上保鲜膜，隔水炖十五分钟就可以吃啦！

如今，双皮奶不但有冷热两种吃法，还可以跟红豆、绿豆、莲子、鸡蛋以及各种水果搭配来吃。相信这份可以自己在家学着做的非遗小甜品，可以给你带来烹饪的成就感和一天的甜蜜！

龙须酥

一次失败但值得纪念的挑战

品名： 龙须酥

江湖地位： 安徽省非物质文化遗产

历史上的它

龙须酥是中国民间一道很常见的传统小吃，尤其在安徽和陕西，人们都认为自家做的才最地道。

相传龙须酥已有两千年的历史，原名为“银丝糖”。它外观洁白如雪，根根纤细如发，入口即化，回味甘甜。明代正德年间，皇帝在民间游历带回了这道小吃，将其命名为“龙须酥”。到了清代雍正年间，它才真正走入寻常百姓家，名震大江南北。

从银丝到龙须，小吃名字的更改，除了皇帝赐名，更离不开中国人对龙文化独有的情结。自古以来，中国人都将龙视为重要的精神图腾，华夏儿女更是将自己称为“龙的传人”。龙是传说中是神兽，它长着驼头、兔眼、牛耳、鹿角、蛇颈，身上覆满鳞片，爪子像鹰爪，能上天入地，呼风唤雨，变化多端、神秘莫测。在古人的心中，它代表了天人合一、阴阳转换，是集智慧、仁爱、勇气等所有美好品质于一身的祥瑞。

历代帝王更是把龙当作身份地位的象征：天子被称为“真龙之子”，重要的山川河流被称为“龙脉”“水龙”，龙椅、龙袍、九龙壁、龙柱……龙元素无处不在，仿佛是刻在中国人血脉里的文化符号。

复刻挑战

制作龙须酥的主要原料是黄豆粉、麦芽糖和白砂糖。磨黄豆粉容易，而拉糖——看着有点像拉面，却是一门极其考验技术和体力的手艺活。

作为一个体力上不占优势的女生，开始挑战前我浏览了大量的视频，学习其他博主的经验、技巧。我能熬出符合使用条件的糖浆，却在拉糖这一步频频“翻车”。温度、手法、麦芽糖和白砂糖的比例……我调整了十几次，哪怕是最接近

成功、已经拉出雪白细丝的一次，仍然因为糖丝太硬，盘不出好看的形状。

在我看过的视频中，有经验的拉糖师傅能在很短的时间内拉出上万根极细的糖丝。那看似轻松的一抻一扯，背后却是学习技艺需要付出的辛苦和时间。“熟能生巧”，我们能看到的只有“巧”，看不到的是背后艰辛的过程。那一刻，雪白的糖丝上仿佛出现了两个字——传承。

没人见过真正的“龙须”长什么样，是粗是细、是长是短，全在于人们的想象，但它一定是吉祥、美好的象征。流传千年的龙须酥，由民间进入宫廷，又从宫廷回到民间，它是勤劳质朴的中国人智慧的结晶，是工匠精神的体现，也必然寄托着无数中国人对美好幸福生活的向往。

鲜花饼

舌尖上的芬芳和浪漫

品名：鲜花饼

江湖地位：国家级非物质文化遗产

历史上的它

不曾见过风的形状，直至去到有风的地方。

说起云南，每个人脑海里都会有不同的浪漫：苍山洱海、丽江古城、鲜花盛开、四季如春……云南，是一个让人去过就想留下来的地方。

滇派糕点就像中国糕点里的一颗沧海遗珠，以食用玫瑰做成的鲜花饼是其最著名的代表，也是云南人独有的浪漫。根据史料记载，鲜花饼已经有了两三百年的历史。古人没有现代的保鲜技术，可食用玫瑰的花期有限，因此鲜花饼是一样珍贵的有季节限定的美食。晚晴时候的《燕京岁时录》记载：“**四月以玫瑰花为之者，谓之玫瑰饼。**以藤萝花为之者，谓之藤萝饼。皆应时之食物也。”乾隆皇帝对鲜花饼尤其喜爱，曾亲口说过：“以后祭神点心用玫瑰花饼不必再奏请即可。”

聪明的古人以玫瑰花瓣入食可不仅仅是看中了它馥郁的芬芳。俗话说“药补不如食补”，从中医角度来讲，玫瑰花有着很高的药用价值。清代著名医学家、本草学家赵学敏，就在他的著作《本草纲目拾遗》中明确写到玫瑰露“能和血

平肝，养胃，宽胸，散郁”。

随着时代的发展，人们对鲜花饼的口味进行了多次创新，融入了多种不同的口味，但这以玫瑰味主要原料的一款却是永恒的经典。

复刻挑战

想要还原一份正宗的鲜花饼，需要从制作玫瑰花酱开始。

薄雾未去，须在清晨花苞将开未开的时候摘下玫瑰，每一缕花香都是中式酥点的灵魂。摘下花瓣，用清水洗净，薄薄地平铺开，让其自然风干。风干后的花瓣干爽不黏，撒上白砂糖，混合均匀。用手揉搓花瓣，直到花瓣烂乎乎的变成泥状。再加入蜂蜜拌匀，把花酱装入干净的容器中，放冰箱密封保存一个星期。

将酿制好的玫瑰花酱过滤，再加入熟糯米粉拌均匀，分成二十克一份的小球，放进冰箱冷藏一小时备用。

每一块鲜花饼，都是三分皮、七分馅。

水油皮与油酥分别加入绿茶粉，仿佛把云南的惬意也融入其中。用厨师机把水油皮搅拌均匀揉搓出膜，油酥揉搓成团，醒发。中式的酥皮点心最具吸引力的是层层叠叠的酥皮，采用纯手工揉搓，对面皮反反复复地折叠、擀酥，才可以成就鲜花饼的香酥皮儿。

如今，鲜花饼代表着一方水土的美食文化，我想，所有到过云南的人都会记得这份味道，因为有花，有浪漫，或许，还有邂逅的故事！

东坡肉

抓住生活中的每一件小确幸

品名：东坡肉

江湖地位：浙江省非物质文化遗产

历史上的它

东坡肉又被称为滚肉，无论是在浙菜系还是川菜系，它都是一道经典名菜。而它的诞生过程，仿佛是一部伴随着苏东坡仕途起伏的连续剧。

公元 1077 年，苏东坡到徐州担任知州。天降暴雨黄河决口，苏东坡当机立断，亲自率领禁军和当地百姓抗洪筑堤。经过两个多月的努力，这场抗洪斗争终于结束了，徐州城的百姓感谢这位冲在一线的知州，于是纷纷杀猪宰羊送给苏东坡。百姓盛情难却，于是苏东坡指点家人把这些肉做成红烧肉，再送还给百姓。徐州百姓吃了连连叫好，给这道菜起名**“回赠肉”**。这便是东坡肉的雏形。

公元 1080 年，苏东坡因为乌台诗案被贬官来到黄州。这里条件十分艰苦，为了维持生活，苏东坡只好自己开荒种地。豁达的他当然没有被生活的清苦打败，写诗、做美食，他总能在生活中找到治愈自己的小事。他想起了当年的回赠肉，亲自烹制，还把经验总结进了《食猪肉诗》分享出来，这道菜在黄州变得小有名气。

而东坡肉真正火遍全国，则是在九年后。公元 1089 年，苏东坡做杭州知州。又是一次大雨滂沱，他不但凭着丰富的治水经验带领当地百姓克服水患，还修堤建桥，让杭州风貌焕然一新。杭州百姓不知道要怎么才能表达对苏东坡的感激之情，听说他喜欢吃猪肉，便纷纷带着猪肉来给他拜年，表达最质朴的谢意。苏东坡照旧让家人把肉炖好送给百姓去吃。据说，他当时叮嘱了一句**“和黄酒一起送”**，结果家人听成了**“和黄酒一起烧”**，在炖肉的配料中加了黄酒，却意外地让炖肉更加美味。自此，东坡肉成了一道全国闻名的美食，流传至今。

复刻挑战

东坡肉的制作配方很多地方都能找到，掌握好火候和配料用量，你一定也可以做好。

首先，准备一千克五花肉，把猪皮烤成焦黄，用刀子刮净猪皮表面的焦块。把五花肉放在装满水的锅里，放入姜片、葱段、两勺黄酒，大火煮五分钟后撇去浮沫，继续煮四十分钟。捞起五花肉，锅里的高汤留着备用。五花肉四边切去边角料，用重物压着五花肉凉凉。

接着来制作冰糖汁。锅里放九十克冰糖、八十克清水，煮成棕色，再放五十克开水，拌匀。

把压平整的五花肉切成正方块，我用的这个分量刚好分了四小块。用提前泡软的草绳十字式把肉绑起来。把葱段、姜片铺在砂锅底部，上面放入四块五花肉，猪皮向下，分别放入四勺生抽、两勺老抽、两片香叶、一个八角、适量花椒来调味。加入一百毫升黄酒，刚才调好的冰糖汁、之前煮肉的高汤，最后放入两段桂皮，盖上盖子。中火炖六十分钟后，把猪皮那一面翻上来，再小火炖四十五分钟，就可以出锅了。烧好的东坡肉色泽红亮，淋上汁液，咸香软糯，带有酒香，肥而不腻。

作为一个历史名人，苏东坡有着太多的标签：文学家、书法家、画家……然而最让人感觉亲切的，却是美食家。透过先生留下的一道道美食，我们看到的是一颗热爱生活的、温柔的心。无论顺境逆境，他都能把生活过得有滋有味，这才是我们最该从他身上学到的。

抓住生活中的每一件小确幸，可以从今天做起，可以从好好吃一顿饭做起。

腌笃鲜

春日限定名菜

品名：腌笃鲜

江湖地位：国家级非物质文化遗产

历史上的它

腌笃鲜是江南地区一道非常经典的时令菜，上海本帮菜、杭帮菜、徽菜、苏菜中都把它视为代表作。它的历史至少可以追溯到北宋，“吃货”苏东坡就曾被它的美味深深吸引，于是在他的作品《东坡志林》中记载了这道菜。

所谓“腌”“笃”“鲜”，分别指的是这道菜的主要食材和做法。

其中“腌”和“鲜”分别指腌制好的和新鲜的猪肉。古人没有我们现在的制冷设备，为了储存更多食材来过冬，发明了腌制食品的方法。而简简单单一个“腌”，做起来也大有讲究：一般来说，**咸肉**用五花肉、猪腿肉来腌，二十天左右就可以售卖。**南风肉**只能用猪的前腿肉来腌，整个腌制过程要经历八个月。**火腿**则只能用猪后腿，至少要腌制一年半。

“笃”在吴方言里是“煮”的意思，而《康熙字典》中则记载“笃”为“物厚者牢固”。我想，除了方言发音的问题，也更强调烹饪的技巧。人们说“笃透了”，是要用力炖煮，把食材煮透，让这道菜口味浓厚。

复刻挑战

我做腌笃鲜用的是南风肉，而它的“好搭档”春笋则是让这道菜成为季节限定的原因。春笋的口感比其他竹笋更加爽脆，但只有立春后到清明前这段时间可以采挖。

二百五十克南风肉和二百二十克鲜五花肉分别切成小块，两种肉一起冷水下锅，焯水去掉腥味，捞出来稍微凉一下。把肉块放入砂锅煎至四面金黄，加入开水、葱结、姜片，以及适量料酒，大火烧开，转成小火慢慢焖煮四十分钟。

这段时间可以用来处理配菜，除了必备的春笋，百叶结、莴笋，你喜欢放什么都可以。四百克春笋切成滚刀块，和百叶结一起在盐水中焯一下，放进正在炖煮的肉汤中，捞出葱结和姜片，再煮二十分钟，完成！

南风肉的咸香和五花肉的鲜美全都融入汤里，配上最新鲜的春笋，春天的气息扑面而来。春雨的降临，替世间万物在新一年的砥砺前行做好了准备。就让这碗应季的腌笃鲜成为你一年之计的开始吧！

唐有『长安一片月，万户捣衣声』之豪迈，宋存『人间有味是清欢』之风雅。其饮食文化，如诗如画，汇聚多样食材、精湛技艺，广泛交流，兼收并蓄健康理念，为后世饮食文化的发展奠定了非常坚实的基础。我们复刻唐宋佳肴，不仅是对『古味今寻』的致敬，更是诗酒趁年华，让古典韵味与现代创新共舞，一勺一箸间，皆是千年文化的悠扬回响。

古菜名点复刻挑战

·第三卷·

红绫饼餤 078
樱桃饆饠 082
荔枝酥山 086
花折鹅糕 090
玉露团 094
素醒酒冰 098
柰花索粉 102
冰水荔枝膏 106
山海兜 110
莲花饼餤 114
玉糁羹 118
酥油鲍螺 122

红绫饼餤

失传已久的唐代美食

品名：红绫饼餤

盛行朝代：唐

历史上的它

说起“红绫饼餤（dàn）”，你可能会满头问号，没见过就算了，甚至连“餤”字都不认识；但若说起赴京赶考、进士及第，你一定会感到非常熟悉。而红绫饼餤则和我国古代的科举制度有着密不可分的关系。

《康熙字典》中记载：**“以薄饼卷肉，切而荐之曰餤。”“唐赐进士，有红绫餤，南唐有玲珑餤、驼蹄餤、鹭鸶餤，皆饼也。”**由此可以知道，“餤”是一种用面饼包裹着馅料吃的点心。在唐代，红绫饼餤是一种珍贵的点心，只有在高规格的宴会上，皇帝才会用它来赏赐股肱之臣。

唐僖宗和唐昭宗用红绫饼餤赏赐新科进士。后来，皇帝赏赐进士红绫饼餤成了每次科考的保留节目，一直延续到了晚清。古代的进士被称为“天子门生”，学历相当于我们现在说的博士，高中进士之后被“博导”亲赐红绫饼餤，因此说红绫饼餤是古时候的**可食用版“博士帽”**也不为过。

古味今寻

随着科举制度被废除，红绫饼餤逐渐退出了历史舞台。参考新疆吐鲁番阿斯塔纳出土文物的外形，以及《陕西烹饪大典》的相关记载，我尝试了这次还原。

红绫饼餤是一种用薄面饼包裹着馅料的长筒状糕点，烤熟后系上一条象征吉祥的红绫，吃的时候用刀切开分食。

首先准备三百克面粉、一百二十五毫升温水、三点五克酵母，以及适量的白砂糖和盐。从文物照片上来看，红绫饼餤的面皮呈现漂亮的粉红色，因此，我在和面时加入了一些色粉。

面团揉好后醒发三十分钟，利用这段时间我们可以制作馅料。在五百克豆沙中搅入适量的果仁即可。

把醒发好的面团分成等分量小剂子，大小可以根据喜好来，擀成薄饼状，包入豆沙坚果馅料，整理成漂亮的长卷。放入烤箱烤二十分钟即可出炉。最后千万不要忘了绑上红绫，它可是红绫饼餤的点睛之笔！

“金榜题名时”是我国古人四大喜事之一，今时今日，我们同样希望能在重要考试时取得好成绩。愿每一分努力都能获得应有的回报。

樱桃饆饠

尽显大唐甜点之风采

美食名片

品名：樱桃饆饠

盛行朝代：唐

历史上的它

饆饠最早是波斯古国的一种美食，早在南北朝时期，它就沿着丝绸之路传入了我国。到了唐代，饆饠风靡长安城，成了饮食界的一种潮流。根据《玉篇》中的记载，饆饠是一种用面饼包裹着馅料的食品，内馅种类丰富，可盐可甜。到了南宋，文献资料中就再也没有饆饠出现了，究竟是改了名字，还是融合了其他美食的做法变作他物，还有待考证。

唐代烧尾宴中就出现过一道“天花饆饠”。**据说鲤鱼跃龙门时，只有被天火烧掉尾巴才能真正化成龙形，因而“烧尾”有升迁的寓意**，古人一般会在庆贺高升时办烧尾宴，非常隆重。饆饠能出现在如此重要的宴席上，可见人们对它的喜爱程度。

中唐时期有一位著名的将军名叫韩约，上得了战场，下得了厨房，他做过一道特别经典的甜点名叫樱桃饆饠。

我对樱桃饆饠的探索已经很久了。根据唐代文学家段成式在《酉阳杂俎·酒食》中的描述，这道樱桃饆饠的卖相非常漂亮，制熟后樱桃馅颜色不变，个个白里透红，十分精致，

看着就让人垂涎欲滴。

韩约的原版樱桃饽饠具体是什么形状，史书并没有明确记载。但是根据新疆吐鲁番阿斯塔纳出土文物的外形，还是可以推测一二——薄薄的面饼卷着馅料，呈长条状，左右不封口，能看到内馅。

古味今寻

还原这款大唐美食，我选用的是本土种植的小樱桃，毕竟欧洲甜樱桃——也就是我们现在经常见到的大樱桃，要等到六百多年后的清末才被引进我国。将樱桃洗净去核，加适量水和白砂糖，熬煮至浓稠，做内馅用的樱桃酱就完成了。

制作面皮是还原樱桃饽饠的重头戏。想要实现白里透红的效果，就不能用普通的面粉，且只能蒸不能炸。根据唐代韦巨源的《食谱》中有关天花饆饠的记载，以及《千金方》中的一些介绍，我决定选用澄粉混合玉米淀粉的方法，这样蒸出的饼皮呈半透明状，可以透出樱桃酱红润的颜色。

将一百克澄粉和五十克玉米淀粉均匀混合，加入一百五十毫升沸水，迅速搅成絮状，揉成面团。加入适量食用油，揉至光滑。我将面团分成了二十克一个的小剂子，大家也可以根据自己的喜欢调整大小。将剂子擀成薄片，包进樱桃酱后调整形状，上锅蒸熟就好啦！

樱桃饆饠蒸好后，空气中都是甜甜的味道，粉粉嫩嫩的外观直击少女心，怪不得樱桃饆饠能在盛唐美食中脱颖而出。面皮的嚼劲与樱桃酱的酸甜交织，如春风拂面，轻柔细腻，其优雅和风味尽显大唐甜点之风采。

荔枝酥山

感受这一份大唐的清凉

美食名片

品名：荔枝酥山

盛行朝代：唐

历史上的它

炎炎夏日，在凉爽的空调房里美美地吃上一份冷饮，大概是一天中最舒服惬意的事。然而一千多年前的唐代，人们没有现代化的制冷设备，夏天又该怎么过呢？其实，聪明的古人早就想到了存冰、制冰的办法，为的就是在三伏天能取一片清凉。

冰窖储存是古人最常用的办法。冬天河水结冰，古人会有专人去河上凿冰，存放到地下的冰窖中。这种方法可以追溯到周代，《诗经·豳风·七月》**“二之日凿冰冲冲，三之日纳于凌阴”**一句描写的就是古人储存冰块的工作场景。

晚唐时期，火药在军事领域的使用越来越广泛，为了生产火药，人们需要大量开采硝石。在这个过程中，细心的工匠发现了一个有趣的现象：硝石溶于水时会吸收大量的热，使周围的温度迅速降低，甚至可以使水结冰。利用这个原理，古人开始尝试用饮用水制冰，做出多种冷饮。

酥山是一种用冰沙和奶制品做成的甜品，上面插着花朵、彩树等装饰品，颜值与风味俱佳。用我们现在的眼光来看，

说它是冰激凌的鼻祖也不为过。这种甜品在唐、宋、元时期受到皇家贵族的广泛欢迎。陕西历史博物馆的程旭老师曾经证实过，唐章怀太子墓“仕女图”和唐代壁画“野宴图”中，都曾画过酥山。

古味今寻

酥山的还原，造型方面尤其关键。

“一骑红尘妃子笑，无人知是荔枝来。”唐朝杨贵妃酷爱荔枝，因此我在冰沙中加入了打碎的荔枝果肉。用勺子调整荔枝冰沙的形状，让它成为一座“小山”，接着就开始点酥咯！点酥是古人的一项精巧手艺，你可以简单地理解为让热奶油在冰上自动凝固成好看的形状。至于它的具体操作方

法，请容我暂时卖个关子，在后文揭晓答案。

细腻的冰沙中融入了荔枝的清甜，雪白的奶油上点缀着鲜花，这道荔枝酥山已然成为艺术品，精致而风雅。荔枝、冰沙、奶制品在古代都属于稀有食材，只有王公贵族们才有机会享用，而如今它已经成了普罗大众常见的消夏美食。正可谓“旧时王谢堂前燕，飞入寻常百姓家”，我们应当感叹古人的巧思和智慧，更应当感恩如今美好的生活。

花折鹅糕

感受一千五百年前的隋唐风韵

品名：花折鹅糕

盛行朝代：唐

历史上的它

中式糕点历来能给人以视觉和味觉的双重享受，如果你见过花折鹅糕，一定也会被它所惊艳。

花折鹅糕在唐代风靡一时，是烧尾宴上不可或缺的一道精品，如今看来可谓是沧海遗珠。但其实早在隋代谢讽所著的《食经》中，就已经记录了它。谢讽在隋炀帝时期任尚食直长，单凭他在皇宫中任职，就已经能脑补到这道花折鹅糕有多精美。它最大的特点是将用米饼制成的面皮反复折叠，做成花瓣的形状，裹着鲜美的鹅肉内馅，花朵栩栩如生，米香肉香扑鼻而来，格外诱人。

古味今寻

谢讽的《食经》原文已经失传，只在后人的各种文献中有一些抄录痕迹。因此花折鹅糕复刻起来具有难度，我只能根据自己的推断进行尝试。

使用鹅肉做馅料是这道糕点的一大特色。将新鲜的鹅肉剁碎，加入适量盐、葱花、姜末、胡椒粉、酱油、淀粉等，搅拌均匀腌制，放入冰箱冷藏备用。

根据资料记载，花折鹅糕盛行的唐代，糕点的主要用料是米粉。在当时，大米属于奢侈品，只有贵族才能经常享用。

综合考虑了口感、造型的需求，我选择用粘米粉和绿豆淀粉来做面皮的主原料。一百克粘米粉、八十克绿豆淀粉，以及十克白砂糖混合搅匀，少量多次加入热水，搅成面团，加入适量猪油，揉至光滑。把面团分成两份，其中一份加适量甜菜根粉，调成漂亮的淡粉色。

两份面团分别搓成长条、切成小块，擀出一张张薄面片，用模具刻出花瓣的形状。将花瓣按照你喜欢的颜色，五片或八片一组，相互交叠在案板上铺成一个长条，花瓣中间铺适量鹅肉馅料，下半部分向上翻折包住馅料，再卷成一朵花的形状，上锅蒸二十五分钟即可享用。

刚出锅的花折鹅糕热气腾腾，最是美味。肉香和米香混合在一起，咬上一口，花瓣淡淡的甜味和鹅肉的咸香在味蕾上碰撞，让人不禁有一种幸福的满足感。

很久以前，车马很远，书信很慢，匠心是那时候的人生活的支撑。而现在，匠心是刻在中国人骨子里的精神。复刻传统美食，是一种了解过去以及珍惜现在的态度，人间有味是清欢，最是烟火抚人心。

玉露团 

解密外形神秘的唐代名点

品名：玉露团

盛行朝代：唐

历史上的它

新疆吐鲁番阿斯塔纳出土的唐代文物中，有一道外形很像多肉植物玉露的食品。唐代有以花给食物命名的习惯，因此很多人都认为这就是烧尾宴中的第二十一道名点——玉露团。然而事实真的如此吗？

多肉玉露原产地在南非，但是唐代的丝绸之路最远只能到达中亚地区，多肉玉露大概率还未流传进国内。也许有人会说，多肉玉露从古至今一直没有改过名字，唐代著名诗人杜甫还有过“玉露凋伤枫树林”的诗句；但是，这句诗中的“玉露”是指晶莹的露水，并不能证明唐代已经有了多肉玉露这种植物。

所以，玉露团究竟应该什么样呢？

根据北宋《清异录》中的记载，玉露团旁边被标注了“雕酥”二字，在当时，涉及“酥”必然是和奶油有关的高级甜点——把奶油冻定型之后再做造型，要经过雕琢加工，还有些可以做彩绘。在唐代，琼脂又叫龙睛粉，其质地细腻光滑、晶莹剔透，颇有美玉之感。基于这些推测，我尝试还原了玉露团。

古味今寻

玉露团的造型主要在于整体的精美，唐代美学的色彩空前绚丽，而这些浪漫的色彩自然也会融入美食当中。在唐代，紫甘蓝是贵族阶级才可以享用的稀有蔬菜，因此用它来给玉露团上色最合适不过了。

将紫甘蓝撕开，在水中浸泡五分钟，再煮五分钟，这时水已经完全变成了蓝紫色。将甘蓝水分成几个小份，分别加入白醋、食用苏打，调出深浅不一的粉红色、绿色。将调好颜色的水倒入锅中加入琼脂和白凉粉，水开后倒入模具，冷藏定型。自李唐来，世人盛爱牡丹，于是我选用了牡丹花的造型。

果冻脱模后，用裱花袋装好奶油在花朵上雕花，做成你

喜欢的形状，就可以享用了。

唐代的饮食，在很多方面都具有鲜明的特点，尤其是饮食上审美思想的提高。我喜欢复刻这些古时的糕点，主要是因为可以学习古人的饮食智慧，在解馋之余，还能品味唐代风华的余韵。

素醒酒冰 

宋代人吃的绝美果冻

品名：素醒酒冰

盛行朝代：宋

历史上的它

南宋林洪的作品《山家清供》中有一道叫作“素醒酒冰”的甜点，可谓是宋代人吃的绝美果冻。

醒酒冰原本指的是水晶脍，这个名字可能会让你感到陌生，但若是说猪皮冻你一定知道。北宋书法家黄庭坚在一次醉酒后觉得水晶脍冰冰凉凉、非常爽口，具有醒酒的作用，因此给它起名“醒酒冰”。

素醒酒冰则是用石花菜来制作的。石花菜是一种藻类植物，是制作琼脂的原材料。有了它，千年前的古人就能享用到美味的果冻了。想不到吧，就连果冻都是老祖宗玩剩下的！

古味今寻

制作素醒酒冰，最重要的一步就是用石花菜做琼脂。把石花菜放在石臼里捣一下，这样更容易出胶，随后，把它放进锅中加入清水，大火煮沸后转成中火煮一个半小时。

林洪在《山家清供》中记载的素醒酒冰是以寒梅入馔，我没有梅花，于是选用了可食用的姜花来代替。宋代诗人杨万里有一句诗：“姜花枨（chéng）实献芳辛。”枨就是橙子，诗人都说它和姜花是绝配，于是我把橙皮和果肉切碎，和姜花碎一起拌成花果酱备用。

石花菜熬煮好后过滤出汁液，倒入模具，再加入花果酱，放到阴凉处凉凉就可以凝固了，冷藏口感会更好。

宋人素爱喝酒，又讲究风雅，这道冰冰凉凉的素醒酒冰，加入了橙皮与姜的口感，味道比我想象中的好，解酒又醒脑。可谓是对酒当歌时刻的一丝清雅。

而我更喜欢放入一点蜂蜜水，冰冰凉凉的甜，开胃又消暑。

柰花索粉 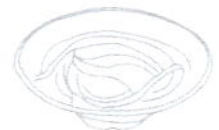

点点茉莉，齿间留香

美食名片

品名：柰花索粉

盛行朝代：宋

历史上的它

春秋时期有一则“烹子献糜”的故事，故事的主人公易牙是齐桓公的御厨，深得齐桓公的信赖。虽然易牙的所作所为在齐国政事上造成了很多不好的影响，但不可否认的是他在厨艺上有着极高的造诣。

易牙是我国历史上第一个运用调和之法来做菜的人，他的味觉灵敏度甚至得到过孔子的称赞。《吕氏春秋·精谕》中记载：**“孔子曰：‘淄渑之合者，易牙尝而知之。’”**意思是说易牙只需要尝一尝，就能分辨出淄水和渑水这两条河水的味道。基于易牙出神入化的厨艺，齐国菜是我国最早的地方风味菜，后来发展成为我国四大菜系的鲁菜。易牙还是我国第一个开私人饭馆的人。除此之外，易牙还把做菜和医疗养生结合起来，创造出了食疗菜。

易牙一直被厨艺界的后辈们尊为祖师爷，明代有一位名叫韩奕的食疗家非常崇拜他，于是编写了一本名叫《易牙遗意》的书，据说收录的都是易牙发明的食疗菜谱。其中记录了一道名叫“柰（nài）花索粉”的美食，集浪漫、雅致、营养于一身，尤其在南宋时期，非常受欢迎。虽然它的制作方法历史上记录得较少，但在现有资料上加以理解，我还是尝试复刻了它。

古味今寻

索粉是一种用绿豆和其他谷物制成的消夏面食，比较像我们现在吃的凉面。

根据《本草纲目》的记载，柰花是茉莉花，因此，复刻这道柰花索粉，茉莉花茶水即是它的灵魂。将一百克提前浸泡好的绿豆和一百五十克泡好的茉莉花茶倒入料理机，打成绿豆糊，再加入一个鸡蛋，搅拌均匀。

在调好的绿豆糊中加入五百克小麦面粉和少许盐，搅拌均匀后揉成光滑的面团，盖上纱布醒十分钟。案板上撒些干面粉，把面团擀成一厘米厚的面片，折叠起来，切成细条，清水煮熟后过凉水，撒上你喜欢的调味料，再点缀几朵新鲜的茉莉花，大功告成！

茉莉的幽香沁入绿豆的清香，面条爽滑筋道，口感清爽，清凉解暑。炎炎夏日，嗦一口冰冰凉凉的柰花索粉，爽口又舒心，口腔里都是茉莉的清香。古人真是吃得也优雅啊！

冰水荔枝膏

荔枝在你心里

品名：冰水荔枝膏

盛行朝代：宋

历史上的它

宋代百姓已经实现了用冰自由，因此，开封的街头巷尾，有着不少卖饮子的小摊贩。张择端的《清明上河图》上，有一位小摊贩卖的就是我要介绍的冰水荔枝膏。

名叫“荔枝膏”，原料中却没有荔枝。因为在古代，荔枝这种南方水果不方便运输，普通人家难以享用。但聪明的古人却发现，将乌梅、砂仁、肉桂、生姜、丁香几味普通材料混合在一起，熬煮成膏，竟然会出现荔枝的味道，所以取名荔枝膏。

荔枝膏不但是宋代人超爱的一款冷饮，还具有很好的药用价值，中医认为它能生津止渴、去烦、治疗痁疾。明代周定王朱橚主持编纂的医学方书《普济方》、元代饮膳太医忽思慧的《饮膳正要》、宫廷医家许国祯的《御药院方》，都记录了荔枝膏的做法。

古味今寻

取三十克乌梅放入五百毫升水中，用大火煎煮到剩下一半的水量，把乌梅水倒出备用。

这个时候，我们把两克丁香捣碎磨成粉，越细腻越好！砂仁、肉桂各三克，加入五十毫升水，以大火煎煮五分钟，把汁水倒出。将五十克生姜洗净去皮切丝，把姜丝放入纱布中用手挤压出姜汁备用。将乌梅汁、砂仁肉桂汁、生姜汁混合倒入锅中，加入一百克冰糖，用大火煎煮五分钟最后撒入丁香粉，趁热装瓶，放凉后即可用冰水冲调饮用。

荔枝膏在我尝来并没有很浓的荔枝味，口感和酸梅汤挺相似的，酸甜适中，通透爽口。

想当年，古人在街头树荫下，摇起蒲扇，摆几碗消暑汤，从古今往事聊到家长里短，慢慢消磨至黄昏。而今，我们忙忙碌碌，这一份快意逍遥倒是不及前人了，那就以这杯跨越了七百多年历史的冰水荔枝膏自得其乐吧！

山海兜

把山海装进兜里

品名：山海兜

盛行朝代：宋

历史上的它

《山家清供》中有一道名叫“山海兜”的美食。

要讲山海兜，一定要先来介绍一下“兜子”。它是由半透明且略弹牙的绿豆粉皮和馅料包成的小吃，曾经风靡两宋京城。宋代的很多文献资料中都提到过这种小吃：《清异录》中提到，汴梁城的店铺张手美家在二月十五日出售涅盘兜；《东京梦华录》中写到汴梁夜市上有卖鱼兜子、决明兜子；《都城纪胜》里提到临安有四色兜子；《梦粱录》则记载临安有一种江鱼兜子……而山海兜更是兜子中的佼佼者，甚至成了宫廷美食。

之所以叫“山海兜”，是因为馅料以蕨菜、春笋、鱼虾为主，古人觉得这就好像是把山海装入兜里。这是何种的豪迈与诗意，真让人不得不佩服古人的文艺气质和巧思！

古味今寻

林洪在《山家清供》中详细记录了山海兜以粉皮盛覆馅料，但具体是什么形状，却没有明确的解说。好在我在徐鲤的《宋宴》中找到了描述，知道了兜子是包裹状的。“兜”最开始的用法是“兜鍪（móu）”，指的是古代的头盔，形似锅。所以绿豆皮包裹着内馅，做成福袋的样子，更接近“兜子”的形状。

买来的干绿豆粉皮需要在水中泡软，利用这段时间，我们可以先来准备馅料。林洪说：“春采笋蕨之嫩者，以汤瀹（yuè）之。”所以我们先把笋和蕨菜分别用沸水焯去涩味，切丁备用。接着，把新鲜的河虾去掉头、壳，抽走虾线，鱼肉洗净，分别切成丁。

鱼虾丁需要上锅蒸三分钟，然后和笋丁、蕨菜丁均匀混合在一起，加入适量酱油、香油、盐、胡椒末调味。把调好的馅料包入绿豆粉皮中，调整成想要的形状，上锅蒸三分钟即可。

山海兜中既有山蔬，又有水产，一口下去，仿佛能感受到山间植物的清新，又能感受到浪花翻涌的澎湃。古人的想象真是浪漫至极！

莲花饼餤

蕊押班名点惊艳了千年

品名：莲花饼餤

盛行朝代：宋

历史上的它

宋代《清异录》中记录了一道名叫“莲花饼餤”的美食，据说是美食界的“颜值巅峰”，经常有朋友问我，能不能尝试复刻它。反复读着《清异录》中记载它的寥寥数语，我陷入了沉思。

复刻唐朝的红绫饼餤时，我们知道饼餤这种食物大致是长条状，然而发展到五代时期，饼餤已经有了各式各样的不同造型，色彩也越发雅致。五代周世宗时期，有一位被称为蕊押班的宫女创新出了莲花饼餤——她将一个大盘分为十五个小格，每个小格中有一块莲花造型的饼餤，饼皮折叠成折枝莲花的造型，每朵颜色各不相同，馅料则被她做成了花蕊或莲蓬的造型，格外美丽。

而最令我感动的是蕊押班的职业生涯。“蕊”指花蕊，在唐宋时期，押班是宫中女官的职位，而蕊押班正是因为做莲花饼餤的手艺精湛，花朵栩栩如生，被人在职位前冠以代指花朵的“蕊”字，让这个称呼成了她的专属。这是匠心精神最直观的体现，是一个手艺人能得到的最美丽的勋章。北宋取代后周之后，蕊押班从宫廷来到民间，但是她并没有因为工作环境、可用原料的变差受到影响，后来又受雇于名将郭进府中，继续她的面点师生涯。她让莲花饼餤成了艺术，被历史记了千年。

蕊押班的故事让我倍感振奋，内心有一种强烈的冲动——我一定要复刻这道莲花饼餤！

古味今寻

蕊押班的莲花饼餤，十五个小格各有各的口味，于是我也准备了十五种食材来做馅料：莴苣、菠菜 、茭白、甘蓝、葵菜、春笋、莲藕、韭菜、芹菜、大葱、茄子、荠菜、黄瓜、白萝卜、豌豆，分别焯熟切丝备用（豌豆除外），焯的时候记得在水里加盐和食用油。

小麦粉二百五十克、食用油三十五克、盐十克、水一百二十克，混合搅匀，平均分为四份，加入不同分量的天然红色色素，分别调成不同颜色的面糊。一勺面糊烙一张饼皮，我这份配方的分量可以做三十张饼皮。

将各色饼皮修剪成花瓣的外形，再分三次折叠，剪掉三分之一，打开后再剪断成一条，然后依次包上各种内馅，卷起得到一朵花的形状，最后将十五朵花放入盘中，组成一朵大花朵。有条件的话，可以用莲花瓣做装饰。

看似简单的每一个步骤，实际上都考验着我的耐心和匠心。每当我想要放弃时，就会有个声音和我说，中国传统诗词里吟哦一年四季花草的名作多如繁星，流传于世，而我们千年来的创意中式糕点却已失传无踪影，日韩甜点多获盛誉，而我们中式糕点，较之也毫不逊色。

全部完成的那一刻，我仿佛和蕊押班进行了一场穿越千年的匠心对话。每一次的尝试和努力，都是对中式糕点艺术传承最好的致敬。我愿意继续在这条路上走下去。

玉糁羹

子欲孝愿亲长在

品名：玉糁羹

盛行朝代：宋

历史上的它

北宋大文豪苏东坡有一首标题比正文还长的诗——《过子忽出新意，以山芋作出玉糁羹，色香味皆奇绝。天上酥陀则不可知，人间决无此味也》：

香似龙涎仍酽白，味如牛奶更全新。

莫将南海金齑脍，轻比东坡玉糁羹。

究竟是什么原因能让“吃货”苏东坡诗兴大发，专门为了一碗粥赋诗一首呢？仔细探究过后，我才知道，在这碗玉糁羹的背后，藏了一段苏东坡和儿子苏过的亲情故事。

苏东坡一生仕途并不顺利，晚年被流放到海南儋州。北宋时期，这里十分荒凉，对当时已经六十二岁的苏东坡来说，生活条件过于艰苦。此次流放，苏东坡的儿子苏过跟在他身边，考虑到年迈的父亲肠胃不好，他便用大米和山芋做了这道玉糁羹。苏东坡吃后，为儿子的孝心感动不已，于是写下诗歌来纪念。

古味今寻

根据《山家清供》中的记录，苏东坡所说的山芋有可能是我们现在说的山药。山药皮容易让人过敏，在处理的时候我们可以戴着手套。

大米用温水浸泡一小时，等米粒变软后，用木舂捣碎备用。山药削皮后切成小粒，也用木舂捣碎。两种食材一起放到锅里，加适量水熬煮。苏东坡的诗中说“味如牛奶更全新”，于是我又加了一些牛奶。

说实话，这碗玉糁羹并没有想象中那般美味，但亲情的温暖却赋予了它别样的味道。人们常说“树欲静而风不止，子欲养而亲不待”，希望我们每一个人都不忘父母的养育之恩，孝亲敬长，从生活中的一点一滴做起。

酥油鲍螺

宋代的甜点之王长什么样

美食名片

品名：酥油鲍螺，又叫滴酥鲍螺

盛行朝代：宋

历史上的它

古人所说的“酥油”其实就是我们现在常见的奶油、黄油。早在魏晋南北朝时期，无论边疆胡族还是内地汉族，都已掌握了酥的制作方法。《齐民要术校释》（北魏贾思勰著，缪启愉校释）中解释道：**“即酥油，奶油，也叫黄油。”**古人把牛奶、羊奶、马奶或骆驼奶煮沸，用勺搅动，冷却后提取出上层凝结的精华，就得到了细腻、莹白如雪的酥油。

宋代人所说的“鲍鱼”，其实是我们今天说的牡蛎。《金瓶梅》中曾借着应伯爵的话具体描述了酥油鲍螺的样子：**“上头纹溜就像螺蛳儿一般，粉红、纯白两样儿。”** 明代的《市肆记》中记载“鲍螺”的外形像螺蛳，又是一个有力的佐证。

纯白的就是我要尝试还原的这一款。对了，读到这里，还有人记得我在《荔枝酥山》一节中留下的有关“制酥”的悬念吗？马上就要揭晓咯！

古味今寻

宋代并没有现在的黑白斑奶牛，当时中原地区均以黄牛奶、水牛奶为奶源，而现在却难以获取新鲜的黄牛奶，因此我用了相近的水牛奶来代替。

制取酥油，我用的是《齐民要术·卷六》记载的“**抨酥法**”：倒二分之一的热牛奶入竹瓶中，并且密封好，用力上下左右摇晃，大约半小时会有脂肪团出现。摇到一半，我就觉得我的手已经要废掉了！虽然用现代的工具可以轻松地得到奶油，但我更想好好体验一下古人的智慧，还有着工匠的耐心。

古人将酥油食品制作成型，用的是一种被称为“**点酥**”的手艺，它是一种非常精细的闺阁技术，古人觉得只有女子的纤纤巧手才能做得漂亮。唐代王泠然在《苏合山赋》中写

到过具体的做法，大致意思是把酥油加工成松软得近乎融化的状态，由女子握在手中，让酥油不断从手中滴落，借着手的巧劲形成各种造型。在今天，这一步骤我借助裱花袋来完成，不但卫生，还可以按照自己的喜好，做出更美的螺状。

古人喜甜，故浇上蜜糖，酥油入口即化，顺滑程度超乎想象，与蜜糖融合在一起，奶味香醇中又带有清甜，怪不得无数名人为此心醉神迷。而我看着，就觉得这是一道赏心悦目的风景。

相信每一个出门在外的人，心中都会有一种属于家乡的味道。快来跟我一起看看，我们的『地方特色美食』系列，打卡你的家乡了吗？

地方特色美食

·第四卷·

西瓜酪 128
排骨年糕 132
干炒牛河 136
砵仔糕 140
甑糕 144
龙井酥 148
三杯鸡 152
蟹壳黄 156
楚夷花糕 160
古方龟苓膏 164
紫苏桃子姜 168

西瓜酪

老北京人的夏天怎么能少得了它呢

品名：西瓜酪

城市坐标：北京

一城一味

和三伏天最适配的水果大概就是西瓜了。在北京，有一道七、八月限定的小甜品西瓜酪，冰冰凉凉、清清爽爽，一口下去就能帮你驱走夏日的炎热。

西瓜酪最早是宫廷御厨发明的一道小吃，后来传入民间。然而清末民初社会动荡，西瓜酪甚至有一百年的时间接近失传。幸而在老北京厨师们的口耳相传中，制作西瓜酪的技艺被保存了下来，如今我们才能有幸再次品尝这一道经典的老北京消夏甜点。

还原挑战

首先，要挑选一个新鲜熟透的西瓜，敲起来声音脆脆的才好吃。取出瓜瓤，用料理机打碎，过滤出汁，撇去浮沫放一旁备用。

取六克琼脂提前一小时泡软，将泡软的琼脂放入装有冷

水的小奶锅中，边加热边搅拌，直到琼脂完全融化。

把琼脂水过筛倒入一千毫升的西瓜汁中，再分装到模具中，把表面的小气泡弄干净，放冰箱冷藏一小时左右。

最后我们来熬制西瓜酪的灵魂——薄荷糖水。方法也很简单，清水中加入黄冰糖和适量薄荷叶，煮开之后会有一股浓浓的薄荷香，闻上去就让人感觉特别凉快。

在凝固好的西瓜酪表面淋上些许薄荷糖水，舀一勺放进嘴里，入口即化，消暑又解渴。这吃法绝妙，原来这就是老北京人记忆里夏天的味道！

排骨年糕

上海传统小吃的味道

美食名片

品名：排骨年糕

城市坐标：上海

一城一味

说起上海的传统小吃，排骨年糕绝对能入选必尝排行榜。

排骨年糕已经拥有了百年以上的历史，不但征服了五湖四海食客的味蕾，更沉淀着上海这座城市的温情。炸至金黄酥脆的大块猪排肉和软糯的年糕奇妙地组合在一起，在酱汁的调和下，能够扫清人一身的疲惫。它是在外务工或求学的上海人心里最柔软的家的味道。

还原挑战

先来准备食材：猪大排三百克、小酥肉粉四十五克、年糕八十克、鸡蛋一个，老抽、生抽、盐、白砂糖、花雕酒、白胡椒粉、五香粉、食用油、水各适量。

把洗净的大排放在案板上，用刀背轻轻捶打，让肉质变松。在大碗里放姜葱，倒点花雕酒、一点盐一点糖、一点白胡椒粉、几滴生抽，搅匀后放入大排，抓打上劲，吸饱水以后排骨就很嫩，腌制二十分钟。

在小酥肉粉中打入一个鸡蛋，加水搅拌均匀，调成酸奶状。把腌好的大排放到糊浆中，加入一点食用油，裹满糊浆。

接下来我们准备调料汁：用火锅勺分别盛三分之一勺老抽、半勺生抽、三勺清水，加入适量白砂糖和五香粉，搅匀备用。

油温烧到一百八十摄氏度，保持中火，放入年糕炸一分钟，定型后立刻就夹起来。接着开始炸猪大排，保持中火慢慢炸制，每面炸一分钟，变成淡淡的金黄色就出锅。把油温升到二百一十摄氏度，再回锅炸一下，炸到酥脆就可以了。

最后我们来把酱汁煮热，盘中用年糕打底，再放上猪大排，用酱汁浇一圈，就可以享用了。

脆嫩的排骨和软糯的年糕，滋味调和在一起简简单单，却叫人难以忘怀。

干炒牛河 

广东的人间烟火味

品名：干炒牛河

城市坐标：广东广州

一城一味

作为一个广东人，干炒牛河从小吃到大，我很开心能有机会把这道传统小吃介绍给大家。

河粉是一种用米浆制成的食品，一般粉、面类的食物都会用汤煮着吃，而河粉却是用加芡“湿炒”的方法来做。至于现在流行的“干炒”法则是在抗日战争时期被发明的。

1938 年，日军侵华导致广州百业凋零，一个叫许彬的商人为了维持生计，关了酒楼和父母一起经营了一个小吃摊，以卖云吞面为主，也炒河粉。有一次，一个汉奸想吃夜宵，硬要在许家的摊位吃炒河粉，但是当晚勾芡用的生粉已经用完了，去购买又被日寇设的卡口禁止通行。许父以原料不足为由拒绝制作，汉奸却不依不饶，甚至掏枪威胁。许彬急中生智，想出了用豆芽、牛肉等原料干炒河粉的妙计，应付了汉奸。

没料到的是，这道干炒牛河味道鲜美，受到了很多人的喜欢。在那个困难的年代，干炒牛河不但帮许父化解了危机，还在后来帮他们省下了购买生粉的原料费，赚了足够维持生计的钱。

还原挑战

制作一份干炒牛河，我们需要准备河粉二百五十克、牛肉一百克、鸡蛋一个、韭黄和豆芽各二十五克、洋葱一个、葱两根，以及各种调味料。

首先我们把河粉打散备用。然后在大碗中倒入切好的牛肉，加鸡粉、盐、香油、生粉、两滴水，抓匀后腌制十五分钟。

这个时候可以先来调酱汁，广东人注重原汁原味，蚝油、生抽、老抽、鸡粉、白糖等调料都是为了凸显食材本身的味道。

把鸡蛋在小碗中打散，热锅下油，将鸡蛋液倒入锅中，煎成两面金黄色的鸡蛋薄片，铲起、切丝备用。

再次烧热锅后倒油，爆香洋葱，倒入腌制好的牛肉保持大火爆炒。大火快炒是广东菜的一大特点，这种烹饪方式能够最大限度地保留食材的营养和口感，同时也体现了广东人追求效率、讲实效的生活态度。大约九成熟就可以盛出来了。

热锅中继续放适量食用油，下韭黄、豆芽爆炒。然后倒入河粉继续翻炒均匀，倒入酱汁翻炒上色。加入牛肉、鸡蛋丝、葱叶段，关火、翻炒均匀。

干炒牛河要油多才好吃，但是它的最高标准是盘子里不能有一滴油。所以对用油量的掌握极其考验技术。不过我的完成度还不错，毕竟是从小吃到大的美食嘛！

砵仔糕 

广东地方美食的独特魅力

品名：砵仔糕

城市坐标：广东广州

一城一味

砵仔糕（有时也写成“钵仔糕”）作为广东的特色传统小吃，最早记载于清朝咸丰年间的《台山县志》，砵仔糕的名字来源于它最初被装在小钵中供人充饥的做法。

传统的钵仔糕以粘米粉和澄粉为主要材料，蒸制后是不透明的状态，口感软糯，非常有嚼劲。但现在广州能吃到正宗传统砵仔糕的地方已经不多，新式砵仔糕加入了马蹄粉、木薯淀粉等材料，辅料花样更多，透明碗取代了传统的瓦钵，制作工艺也有了变化。

新式的水晶钵仔糕口味多样，可以加入水果、果酱、巧克力、马蹄等，与最初的传统面貌有所差别，这也体现了我们已经从最早的求温饱发展到求多样化。

还原挑战

制作传统的砵仔糕，我们需要准备粘米粉一百二十克、澄粉十五克、玉米淀粉十五克、红豆五十克、黄糖四十克。

正所谓“红豆生南国，此物最广东”。在各种广东糖水和甜品中，红豆一直是不可或缺的佐料。将红豆提前浸泡一晚，换水后煮烂。

把三种粉倒入大碗中，加适量清水不断搅拌，直到粉浆中没有结块的面粉即可。粉浆调好之后我们开始熬糖水，把黄糖放入清水煮至微微起泡即可，糖水的温度控制在八、九十摄氏度，温度过高会煮熟米浆，而过低砵仔糕可能会过硬。

趁热分两到三次把糖水倒入粉浆中，一边倒一边搅拌。把砵仔放入蒸笼，加适量红豆，大火先蒸四分钟预热。开盖后，把刚才调的粉浆再次搅拌均匀，倒入砵仔中，大火蒸二十五到三十分钟。四分钟后你会发现糕体中间明显凹陷下去；二十五分钟后，用牙签在糕体最后的地方戳下去，如果没有沾出粉浆，证明完全熟透了，可以出锅了。

出锅后，把砵仔糕表面的水倒掉，用风扇吹凉，就会非常好脱模。拿竹签挑出来，就可以享用了。

如今，新式砵仔糕的做法也多种多样，口味、颜值有很多新意。饮食文化作为文化体系中不可或缺的一环，我们应该倍加珍视，保留其精华，同时也要加入新的元素，保持其活力，让更多人感受到广东传统美食文化的魅力！

甑糕

一口下去尝尽了三千年的西安历史

品名：甑糕

城市坐标：陕西西安

一城一味

说到西安的特色美食，就不得不提到甑糕。它的起源最早可以追溯到西周时期，是专供王室享用的一种食物。

之所以叫甑糕，是因为这种食物最初是被放在一种被称为“甑”的古老炊具中蒸制而成的。甑的外形看起来就像一口锅，底部钻有很多用来透气的小孔。甑的出现，结束了远古先民只能烤或煮食物吃的历史，蒸成了新的选择。

新石器时代，古人就已经开始烧制陶甑，如果你有机会去陕西历史博物馆参观，你就可以看到古老的红陶甑。到了商周时期，人们又开始铸造铜甑，后来又有了铁甑。当然，我们现在使用的是更加方便的蒸笼。

还原挑战

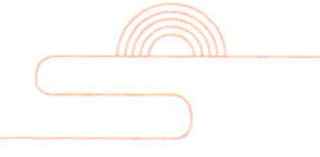

甑糕好吃，是因为制作过程需要非常大的耐心。

糯米和红芸豆提前浸泡一晚，浸泡好的红芸豆用清水

清洗干净，放入锅里，加足够的清水，用大火烧开转小火煮三十分钟，捞出稍微凉凉。糯米洗干净，放在铺了纱布的蒸笼上摊平，用筷子在中间戳几个洞，放进锅中大火蒸三十分钟，出锅倒入大碗里，然后分次加入四百毫升凉开水，搅拌均匀，备用。

准备红枣五百克，清洗一下，去核备用；蜜枣适量，清水洗净切块备用。两种枣子可以给甑糕增添不同的甜味，使其口味更加丰富。

准备一个比较深的蒸笼，按照一层红枣、一层糯米、一层红芸豆，再来一层熟糯米、一层蜜枣、一层糯米的顺序，层层铺平、压实，间隙中可以撒一些红芸豆来做调剂，最后铺上红枣，可以铺厚一点，上蒸笼盖上纱布，以旺火蒸两到三个小时。

蒸好后不要开盖，最少焖半小时再吃，焖一晚的话会更美味，这样才能将糯米、红枣、蜜枣和红芸豆的香与甜全部渗入其中。

静置一晚的甑糕绵黏甜香，铲一勺下去，既有米的白，也有枣的红，红白交映却又不分明。一口下去，米枣交融，软糯香甜。甑糕从唐朝宫廷御宴上的宠儿到如今的街头小巷名吃，历经了千年岁月，其中所蕴含的文化元素和历史记忆是西安人的重要文化符号。

龙井酥

融入江南诗意的杭州名点

美食名片

品名：龙井酥

城市坐标：浙江杭州

一城一味

说到杭州美食，你最先想到的是什么呢？是西湖醋鱼？还是龙井虾仁？而我想说的却是一道比较“年轻”的小甜点——龙井酥。

龙井茶被誉为我国十大名茶之首，是我国茶文化中的一大瑰宝。它起源于唐代，到了宋代已经风靡全国。杭州西湖地区，则因为气候、土质，产出的龙井茶品质最好。**“色翠、形美、香郁、味醇”**，是西湖龙井的最大特色。

龙井酥被发明虽然不过十余年时间，却将龙井茶的清新淡雅完美融入其中，咬上一口，飘逸的茶香、细腻的口感，让你仿佛置身于烟雨蒙蒙的断桥边，品味到了整个西湖的浪漫。

酌一杯绿茶，品一道茶点。茶香浓郁，醉了半生，即使未到过江南，却为一城天晴一城雨入了戏。

还原挑战

先来做水油皮：把中筋面粉、白砂糖、猪油、茶粉、倒入厨师机中，加入龙井茶水以及适量的龙井茶粉，让茶香更加浓郁。按低挡混合均匀，转五挡继续搅成光滑面团，醒发二十分钟。

再来做油酥：在低筋面粉中加入猪油，擦匀细腻就行，揉成光滑的面团，醒十分钟。

利用水油皮与油酥醒发的时间 我们来做一份绿豆内馅：把蒸熟的脱皮绿豆放入料理机中，加入牛奶、糖、茶粉打成泥，倒入不粘锅中加入玉米油，以小火不断翻炒成团即可。

把醒发好的油酥、水油皮还有绿豆馅均分成小剂子。将水油皮擀薄，包入油酥，擀成长舌状，卷起。醒发十五分钟。

两端向中间对折，擀薄，包入绿豆沙馅，收口搓圆，在酥皮盖上传统的印章，放进预热好的烤箱，一百七十摄氏度烤制二十五分钟即可。传统的龙井酥是油炸而成，这次我用的是烤箱。因为相比油炸的而言，用烤的形式，茶香怡人，层层起酥，也更加健康。

走不出的岂止是江南梦境，还有这一碟江南诗意。若到杭州，一定要去茶楼亲自尝尝，才不算遗憾！

三杯鸡

哪三杯让它在国外火出圈

品名：三杯鸡

城市坐标：江西赣州

一城一味

近几年，三杯鸡这道菜在国内外受到广泛欢迎。很多人认为它是一道来自宝岛台湾的特色菜，其实它发源于江西赣州，是一道地地道道的赣菜。

有关三杯鸡的由来，还有一个关于民族英雄文天祥的传说。相传，南宋末年，文天祥抗击元兵最后不幸被俘，一位江西当地的老奶奶得知文天祥即将被元兵杀害，特意带着一只鸡和一壶酒来监狱中探望他。老奶奶在同乡狱卒的帮助下见到了文天祥，并和狱卒一起用三杯酒炖鸡给文天祥吃。后来，狱卒回到了江西老家，每年都用三杯酒炖鸡来纪念文天祥，最终演变成了现在的三杯鸡。

也许有人会问："为什么是三杯酒而不是四杯呢？"这是因为古代有"三爵即止"的礼仪，所以以此来表示对文天祥的尊重。

还原挑战

三杯鸡最大的特色，就是用三杯调料来炖鸡块，不加一滴水。随着三杯鸡在各地的流行，三杯调料究竟使用什么，已经没有固定配方。但有两样配料是各地都不变的，一是九层塔（也就是罗勒），二是米酒。

准备半只鸡，切成小块，条件允许的话可以全部用鸡腿肉，肉质紧致口感才完美。加适量酱油、料酒以及淀粉，抓匀后腌制十分钟。然后我们开始调配三杯调料：第一杯，芝

麻油与花生油各二十五克的混合油；第二杯，米酒七十五克；第三杯，半勺老抽加五十克生抽的混合酱油。

锅中热油，加入姜片、蒜瓣炒香，然后下入腌好的鸡块，炒至变色后加入米酒，炖煮一会儿后加入酱油和适量的冰糖再焖十分钟，出锅前加适量的九层塔增加香气。

外表色泽酱红，油亮喜人；味道口味醇香，甜中带咸，咸中带鲜。三五知己，一盘好菜，一杯小酒，足以成为忙碌平生的乐事之一。

蟹壳黄

六百年前的徽州人就爱这个

品名：蟹壳黄

城市坐标：安徽黄山

一城一味

江浙沪地区有一道非常有名的小吃，叫作蟹壳黄，因为形状小巧圆润、颜色金黄，像极了蟹壳而得名。常见的蟹壳黄有荠菜、葱油、白糖、明油豆沙四种口味，油多不腻，香脆酥松，糖馅甜醇，咸馅味鲜。

传说蟹壳黄已经流传了六百多年，它的历史可以追溯到明代，朱元璋曾称它为“救驾烧饼”。清代乾隆皇帝则给它赐名“皇印烧饼”。民国时期，蟹壳黄火遍街头巷尾，很多人都把它当作一日三餐的主食之一。我国著名教育家陶行知为了赞美蟹壳黄还写过一首打油诗：“三个蟹壳黄，两碗绿豆粥，吃到肚子里，同享无量福。”**2022 年 2 月，蟹壳黄被选入国家《地标美食名录》**。

还原挑战

首先来制作面皮：中筋面粉二百二十克，加入热水九十

毫升、菜籽油六十克、白糖二十克，揉成面团后醒发二十分钟。

然后制作油酥：锅中倒入二十克菜籽油烧热，关火后倒入中筋面粉一百六十克，炒成流动的面粉糊，放凉备用。

接着我们来制作馅料。传统的黄山蟹壳黄内馅的灵魂是梅干菜和肥肉，将洗好的梅干菜切碎、肥肉切丁剁碎。热锅放油，倒入肉碎，加入蒜泥，炒香后倒入梅菜干继续翻炒备用。

将醒好的饼皮面团擀成面皮，然后将油酥均匀涂抹，把面皮卷起来，接头处朝上。再次擀成面皮，用刀切成大小均匀的二十块，包入馅料后压扁，放入烤盘刷油，爱吃芝麻的可以撒一点。

烤箱二百摄氏度，烤二十五分钟左右，烤到饼皮变成黄色就可以拿出来了。

酥脆鲜香，咬一口就仿佛来到了黄山脚下，快来尝尝这是不是你的家乡味吧！

楚夷花糕

娥皇女英友情的见证

品名：楚夷花糕

城市坐标：湖北荆州

一城一味

楚夷花糕又被称为鱼糕，根据可考据的历史，早在春秋时期的楚国，也就是现在的湖北宜昌到荆州一带，这道美食就已经流传开来了。

然而你知道吗，楚夷花糕还有一段关于娥皇、女英之间深厚友情的传说。相传舜帝带着娥皇、女英二位妃子去南巡，路过荆州一带时，娥皇因为喉咙不舒服不能吃带刺的鱼，女英就在当地渔民的帮助下制作了一道鱼糕。娥皇吃过后非常喜欢，喉咙不舒服的毛病也奇迹般地迅速好了起来。后来，楚庄王把女英发明的鱼糕引入了宫廷，一直到清代，楚夷花糕都是宫廷菜必不可少的一道精品。

还原挑战

楚夷花糕的主要原料是鱼糜、猪肉和鸡蛋。我们先来处理鱼肉。

三斤重的草鱼去掉头、尾和鱼鳍，拍打鱼身，慢慢地从左右红肉位置抽出两根鱼线，据说这个就是鱼肉散发腥味的罪魁祸首。然后从脊柱两边把鱼肉剃下来，剥掉鱼皮。

用加料酒的清水浸泡鱼肉半小时，去掉腥味，再漂洗三次沥干，按一点二比一的比例准备猪肉，加入姜碎，和鱼肉一起剁成肉糜。

肉糜中加三根葱白碎、三十八克淀粉、三个蛋清、七克盐，顺方向搅拌均匀，放入碗中。上蒸笼用中火先蒸半小时，然后把刚才剩的蛋黄打成蛋液，均匀浇在鱼糕表面，再蒸一小时左右就可以出锅啦！

蒸好的鱼糕其实已经可以直接吃了，如果你还想增添一些别样的风味，可以试试油煎或炖汤、煮火锅。

一片片鱼糕黄白分明，鲜香扑鼻，居然还有一点 Q 弹。对于像我这样的外地人，这是一道吃鱼不用怕卡刺的绝佳美食，但对于在外打拼的荆州人来说，吃的不仅仅是味道，还有那淡淡的乡愁。

古方龟苓膏

做一次竟然要花费二十三小时

品名：古方龟苓膏

城市坐标：广西梧州

一城一味

龟苓膏是广西梧州的一道传统药膳。关于它的起源，虽然没有确切的记载，但很多人都认为和三国时期的诸葛亮有关。据说，他曾南征驻军在苍梧郡，用当地人送来的鹰嘴龟甲和土茯苓煮汤，治疗了士兵因为水土不服而出现的病症。在此基础上，龟苓膏逐渐演化而来。

根据《苍梧郡志》的记载，明末清初时龟苓膏已经在民间大受欢迎，清代更是成了宫廷御用的药膳。

2007 年，龟苓膏被收入广西壮族自治区非物质文化遗产代表性项目。**2021年，龟苓膏配制技艺入选国家级非物质文化遗产名录。**

还原挑战

制作龟苓膏，最重要的就是龟甲、龟板，以及土茯苓。年份越久的龟板出胶越多，我买的是已经处理好的十年的龟板，回家后放在锅中，慢慢炖煮十五小时，留汤备用。

龟甲和土茯苓的药性都偏寒凉，因此，我们还需要加入十二味中药来中和一下，如火麻仁、甘草、金银花、菊花、罗汉果、陈皮、胖大海等。

将所有中药放入砂锅，用小火慢熬四小时后获得头煎药，再将药渣加水慢熬两小时，获得二煎药。草药汤完成，两种原汤已经准备妥当，倒入锅里用小火煲一小时。

在这期间把仙草粉用冷水化开，到此为止，已经花了我

整整二十二小时。

一边搅拌一边倒入仙草粉，等水烧开，就可以关火入碗等凝固啦！

凝固冷却花费了一小时。熬好的龟苓膏，乌黑发亮，奇怪的是如此真材实料做出来的龟苓膏居然不苦，还带有淡淡的草药味道，配合独有的荔枝龙眼蜂蜜一起吃，你说这是甜品我一点都不怀疑。

紫苏桃子姜

初秋，来尝点脆爽的

品名：紫苏桃子姜

城市坐标：湖南长沙

一城一味

夏秋之交，正是桃子丰收的时节。在湖南长沙，有一道用新鲜脆爽的桃子做的传统小吃——紫苏桃子姜。这是当地居民为了庆祝丰收而制作的一道美食，虽然没有什么有趣的历史故事，却有着浓浓的地方风情。

还原挑战

制作这道小吃，我们需要准备四个脆桃、一大块子姜、二百克紫苏、半个柠檬、适量盐、二百五十克冰糖。

首先处理紫苏，只留叶子，用清水洗净，切碎备用。五百毫升水加二百五十克冰糖，倒入紫苏叶，烫十秒钟左右关火，把紫苏叶浸泡一小会儿后捞出沥干，紫苏水放凉备用。

然后处理桃子和姜。用盐把桃子表面的绒毛搓掉，再用凉白开洗干净。把桃子切成厚片，撒点盐抓匀，腌制半个小时；子姜切成薄片备用。

挤出柠檬汁加到紫苏水里，紫苏水变为紫红色就完成了。腌好的桃子过一下凉白开，洗掉咸味后沥干就可以装罐了。一层桃子、一层紫苏、一层子姜，依次装进消毒好的密封瓶罐里，最后倒入紫苏汁，封罐冷藏一晚就可以吃了。

自古，中国人就有立秋吃桃子的习俗，象征逃离暑气，逃离霉运，追求长寿与健康。桃子酸甜可口，带着紫苏与子姜的香气，口感冰凉爽脆，如同立秋的第一缕凉风，让人心生欢喜。

很多时候，一部小说、影视剧的爆火，火的不只是跌宕起伏的故事情节，更有其中丰富多样的美食。其实，这些故事中的美食在历史上全部有迹可循、有据可依。与其看着眼馋，不如让我们来一起试着还原一下吧！

小说影视美食还原挑战

·第五卷·

菱粉糕 174
茄鲞 178
蟹粉酥 182
玫瑰乳酥 186
樱桃煎 190
蜜浮酥柰花 194
软酪 198
马奶糕 202
石头饼 206

菱粉糕

古代经典民间小吃

美食名片

品名：菱粉糕

作品出处：《红楼梦》

历史上的它

曹雪芹的《红楼梦》可谓是一部中国古代社会的百科全书。在饮食文化领域，曹雪芹笔下的红楼美食给人留下了深刻的印象，引得后人不断地去探索、复刻。在《红楼梦》第三十九回中，王熙凤派人给正在大观园中举行螃蟹宴的奶奶和姑娘们送来了一道菱粉糕。

这是一道清代极具江南特色的糕点，以菱角粉为主要原料，从养生的角度来看，还有清热解暑、健脾胃、补气血的作用。不但原著中的人物喜欢，在民间也受到了广泛的好评。出于好奇，我想要还原它。

还原挑战

我们需要准备菱角粉二百五十克、糯米粉八十克、粘米粉五十克、白砂糖二十克，以及红豆沙二百克。

把菱角粉、糯米粉、粘米粉、白砂糖均匀混合，加入清

水不断搅拌，揉成一个光滑的面团，分成二十五克一个的小剂子，也可以取一部分加入适量色粉进行调色。再把准备好的红豆沙馅分成十五克左右的小份。

然后把每个面团压扁包入馅料，封口搓圆准备入模，取适量粉色面团在模具底部压入点缀，将有内馅的面团放入模具中压出造型。这个时候菱粉糕还没完成，还需要放入蒸笼以中火蒸二十分钟。

口感软糯清香，不是惊艳的口感，但越吃越耐人寻味。怪不得菱粉糕能当选古时经典的民间小吃。

茄鲞

红楼名菜竟然是高端咸菜

美食名片

品名：茄鲞

作品出处：《红楼梦》

历史上的它

“我的佛祖！倒得十来只鸡来配他，怪道这个味儿！”大概熟悉《红楼梦》的朋友一看到这句赞叹，脑海中就能浮现出刘姥姥品尝到茄鲞时的神情。那么，这道做法极其复杂的茄子，究竟是什么样的呢？

鲞（xiǎng）的本意指剖开晾干的鱼肉，后来泛指腌腊食品。顾名思义，茄鲞就是腌制后的茄子。根据原著中王熙凤的描述，制作这道茄鲞，光是原料，除了茄子本身外，还需要鸡油、鸡脯肉、香菌、新笋、蘑菇、五香腐干、各色干果子、香油、糟油九种，并且要经过炸、煨干、收、拌等步骤，在密封的瓷罐中腌制，由此可见做这道菜的工序之繁杂。虽然我们现在可以调侃茄鲞是一道高端咸菜，但在清朝，即便是达官贵人家里做这道菜都觉得烦琐，更何况是平民阶层。

本着越有难度越要挑战的精神，我决定还原这道茄鲞。

还原挑战

取一整只鸡，用刀利落斩剁，取鸡皮跟鸡脂肪放入锅内，煎制成醇厚的鸡油备用。剩余的鸡肉鸡骨部分，则用来熬煮成鲜美的鸡汤。取整块鸡胸肉，用刀背轻轻地捶打，使肉质变得更加嫩滑。把鸡胸肉切成丁，加入生抽、细砂糖、淀粉和食用油搅拌均匀，腌制备用。

茄子作为茄鲞的主角，更是需要精心处理。切丁后加入盐抓匀，静置片刻，再用水冲洗去多余的盐分，挤干水分备用。这样的处理，既去除了茄子的涩味，又保留了其本身的鲜美。

把豆干、笋、香菇、蘑菇、青红椒等食材洗净切丁。果仁太大的话，也要精心改刀成适口的小丁。所有食材都切完后我感觉人都要散架了。

把鸡油倒在锅中烧热，放入果仁和茄丁，炸至金黄色后捞出备用。锅底留油，倒入葱姜蒜。再将腌制好的鸡胸肉丁与其他食材倒入锅中翻炒，加入黄酒、生抽、白糖、盐，以及炸好的茄丁和果仁，炒匀后倒入鸡汤，小火慢炖。

待香味溢出时淋上少许芝麻油，炒均匀后盛出装入碗中。稍微冷却后加入糟卤汁，搅拌均匀，分装罐内就完成啦。

还原这一款茄鲞真的既费时又费力，但是在完成的过程中，我仿佛也走进了大观园，成了红楼梦中人。

蟹粉酥

华妃娘娘的最爱

美食名片

品名：蟹粉酥

作品出处：《甄嬛传》

历史上的它

说起华妃娘娘，除了她那几句经典名言，大概最让大家印象深刻的就是蟹粉酥了。

蟹粉酥最早出现在什么朝代已经不可考证，但第一个发现螃蟹这种美味的人，绝对是美食史上的一大功臣。

蟹文化在中国已经有了非常悠久的历史，早在《易经》中就有**“离为蟹，外刚而内柔”**的记载。螃蟹味道鲜美，很多文人墨客都为它留下了赞美的诗句，如苏东坡就专门写了一首《丁公默送蝤蛑》，蝤蛑就是我们现在说的梭子蟹，他在诗中称赞道：**“半壳含黄宜点酒，两螯斫雪劝加餐”**，鲜美的蟹肉让人食指大动，饭都能多吃两碗。

蟹不单单是一种美食，在古人眼里更是一种文化象征。古人觉得蟹八爪横行，颇有目空一切、我行我素的风格，好像是在表达一种狂傲不羁的处事态度；同时，也有人借用蟹这一物象来讽刺飞扬跋扈的奸臣。由此看来，《甄嬛传》中将蟹粉酥设定为华妃娘娘的最爱，也正是对应到了她身为将门之女的傲气，以及飞扬跋扈的处事风格。

还原挑战

首先来制作面皮：把面粉、糖、水搅匀，再加猪油，一边揉搓一边甩打，直到能拉出透光的薄膜，整理成面团备用。

接下来制作油酥皮：面粉、猪油加入南瓜粉、甜菜根粉，在压板上混合，揉成黄色油酥面团，备用。

螃蟹洗净、蒸熟后，就可以拿出来做蟹肉馅：拆壳取肉，热油下姜葱，爆香后取出姜葱，放入蟹肉炒香，加醋、料酒，

炒成黄橙色就可以出锅。

把面团切成块状，压扁后包住油酥面团，再次压扁后卷成卷，旋转九十度，再次压扁卷成卷。压平成黄白色面团，然后放入蟹肉包成饼。刷上蛋液，撒上白芝麻，放入烤箱烤二十分钟，一道香气诱人的蟹粉酥就完成了。

外表酥软，蟹肉咸香美味，怪不得是华妃娘娘的最爱呢，这个味道真的是太赞啦！

玫瑰乳酥

《甄嬛传》里小吃的历史原型

品名：玫瑰乳酥

作品出处：《甄嬛传》

历史上的它

经常有朋友让我去还原《甄嬛传》里安陵容吃的玫瑰乳酥，我对着视频反复观看，发现电视剧中使用的食品道具是西式甜点，并非中式的做法。

那么，历史上究竟有没有玫瑰乳酥这种点心呢？答案是有的。

根据相关史料记载，唐代就有一道名为**“单笼金乳酥”**的美食，但在更多的文献资料中，乳酥则被称为乳饼。

在元代饮膳太医忽思慧的《饮膳正要》中，就详细介绍了乳饼的制作方法：将牛乳煮沸，点入醋，像制作豆腐一般，使牛乳逐渐凝固，再沥干水分，用布包裹并压实。如今，在云南地区仍可以见到金黄色的传统乳饼。所以玫瑰乳酥最接近历史的做法是云南乳饼的做法，而去过云南大理的朋友们，或许还品尝过包裹着玫瑰酱烤制的乳扇和乳饼。

基于这些资料记载，我们来尝试还原真正的玫瑰乳酥吧！

还原挑战

因为想要分享给更多伙伴，我直接用了两升牛奶。在煮沸后的牛奶中加入九十毫升左右的白醋，让牛奶逐渐凝固成豆花状。白醋大家也可以换成柠檬汁，味道会更加清香。

将凝固的牛奶倒入干净的纱布，沥干水分后，把得到的奶渣放入盆中，加适量白砂糖，不断揉搓，直到揉成一个奶团。

把奶团分成大小适中的等份，先填一部分到模具中，铺平后加入玫瑰花酱，然后再用剩余的奶团把模具填满，用模具压花后就可以享用了。

影视剧中的古典美食或许并非真的源于传统。对于复刻，我们可以多一点点考究以及对传统美食的理解，这样，可以更贴近我们中式美食。

樱桃煎

蜜饯 VS 水果饼，它究竟长啥样

美食名片

品名：樱桃煎

作品出处：《知否知否应是绿肥红瘦》

历史上的它

在古装剧《知否知否应是绿肥红瘦》中，明兰吃过一款名叫樱桃煎的食物。作为一个传统美食爱好者，我当然要探究一番。

新鲜的果蔬用糖或蜂蜜煎煮，既可以充分脱水有助于保存，又可以增进风味，这种制作蜜饯的方法我们现在依然在使用。在古代，蜜饯又被称作蜜煎。樱桃煎，顾名思义就是用樱桃制成的蜜饯。剧中明兰吃的樱桃煎可以一颗颗被拿起，显然就是这一种。《知否知否应是绿肥红瘦》的故事背景是在宋代，南宋的《事林广记》中也有相关记载来佐证剧中食物道具的合理性：“**挟去核，银石器内，先以蜜半斤，慢火熬煎，出水控向筲箕中令干，再入蜜二斤，慢火煎如琥珀色为度，放冷以瓮器收贮之为佳也。**”

然而在另一部宋代美食作品《山家清供》中，樱桃煎却有不同的做法：“**煮以梅水，去核捣印为饼，而加以蜜耳。**”与之一脉相承的是元代《饮膳正要》中记载的做法：“**樱桃五十斤取汁，白砂糖二十五斤，同熬成煎。**”

既然两种做法都有迹可循，那么我们就都来尝试做一下。

还原挑战

既然是还原宋代美食，我选用的仍然是中国本土小樱桃。买来的樱桃洗净，用盐水泡一下，去蒂、去核，然后开始两个不同版本的制作。

蜜饯版：五百克樱桃加二百五十克蜂蜜，用慢火搅拌熬

煮出汁水，这里的蜂蜜要选择原蜜，更接近古法。出锅晾干后再加五百克蜂蜜，再次慢火熬煮，直至呈琥珀色。出锅晾凉后，可收于瓮中，随时食用。

水果饼版：水中先放入青梅煮至果肉软烂，捞出青梅核后加入处理好的樱桃果肉继续熬煮。直到樱桃果肉软烂、汤汁全部收干，将果肉捣成果泥，用模具整形成糕饼状。吃之前撒些白砂糖或蜂蜜即可。

蜜饯版的口感有点像新疆提子干，大量蜂蜜中和了樱桃原本的酸味，微酸和微甜两种味道像海浪一样此起彼伏，反复涌现；而水果饼版……酸，青梅和樱桃两种味道融合在一起真的好酸，是加糖也改变不了的酸度！品尝时我已经完全失去了表情管理的能力，贡献了无数表情包。

怪不得剧中道具选择了蜜饯版，果然只有亲自实践过才能知道原委呀！

蜜浮酥柰花

知否的甜点

品名：蜜浮酥柰花

作品出处：《知否知否应是绿肥红瘦》

历史上的它

“姑娘，左近有家铺子，新出了个点心，叫作蜜浮酥柰花，我从来没吃过，咱们尝了再回去吧。”相信读过我前面几节内容的小伙伴，马上会反应过来《知否知否应是绿肥红瘦》剧中的这道点心，就是用蜂蜜、酥油、茉莉花做出来的甜点吧！古时酥油难得，因此这道甜点也只有富贵人家才吃得起。

根据《东京梦华录》的记载，蜜浮酥柰花是宫廷宴会中的一道精品。想必无论是造型和口味，都非常绝妙吧！我们来尝试还原一下。

还原挑战

在《酥油鲍螺》和《玫瑰乳酥》两节中，我分别介绍了拌酥法和点酥法两种制酥方法。有人说点酥法用酸引酥做出来的其实是乳酪，于是这一次我用两种方法各做一款，看看味道到底有没有区别。

水牛奶加入干茉莉花煮沸，然后分别用两种方法制酥。抨酥自是不必多说，点酥我则直接使用了柠檬汁。

有人认为柠檬是外来物种，其实不然。早在东汉杨孚的《南裔异物志》中，就已经记载了柠檬这种植物，只不过在那时候它被称为“**枸橼**”，到了唐宋时期，则被称为“**香橼**”，此外还有“**黎檬子**”“**柑橼**”这样的叫法。苏东坡有一位专门研究《春秋》的老朋友黎錞被其父称呼为“黎檬子”，因此当真的见到这种植物时，苏东坡不禁想念已经去世的黎錞，潸然泪下。这段故事被他写在了《东坡志林》中。

制作蜜浮酥柰花，最难的是造型。用勺子、筷子等工具小心翼翼地将柔软的酥油整理成花瓣的形状，再组装成一朵茉莉花，轻轻放在盛好蜂蜜的杯盏中，是个非常考验耐

心的活儿。

两种版本的蜜浮酥柰花品尝起来，抨酥版是真正意义上的入口即化，顺滑程度超出想象，奶味香醇而清淡，与蜜糖融合在一起，简直就是高配版蜜糖味奶油霜；柠檬汁点酥版则酸香浓郁，口感沙沙的，配上奶香，有炒酸奶的味道，但是与蜜糖的融合却一般。

相比起来，我觉得酥油版会让人有停不下来的欲望与惊艳。你喜欢哪个版本呢？快来试试吧！

软酪

不会有人说它是雪媚娘吧

美食
名片

品名：软酪

作品出处：《知否知否应是绿肥红瘦》

历史上的它

电视剧《知否知否应是绿肥红瘦》中，明兰大婚的片段有一道美食叫作软酪。很多人都觉得它看起来像雪媚娘，根据我查到的资料，事实并非如此哟！

在宋代，软酪被称作酪面。《东京梦华录》中明确提到过这种食物，虽然没有明确记载它的做法，但是主要的食材却有据可考。

北宋时期，乳酪从契丹传入汴梁，很快便受到了大众的欢迎。宋代坊间有很多购买奶制品的小店，叫作奶房，而官家还设立了乳酪司专为满足内部需求。黄油是北方游牧民族人发明的，十六国时期，匈奴和汉族实现了民族融合，因此北宋时期，也是有人会制作黄油的。

结合这些食材，我便尝试用古法来制作了软酪。

还原挑战

奶酪的提取我仍旧用的是前面说的柠檬汁点酥法。只要成功制出奶酪来，后面的步骤就相对容易操作了。

把糯米粉用小火炒熟，然后把熟糯米粉、奶酪、绵白糖、盐和刚才过滤出来的乳清一起搅拌均匀。使用乳清是为了节省食材，也可以直接放牛奶或者水。

大概半刻钟时间，食材就可以被炒成团状，再不断地来回拉扯揉搓，使面团有更好的延展性。

至于宋代的软酪有没有内馅，由于文献记载有限，就不得而知了，但剧中顾廷烨买回来的因为底部有收口折痕，一定是有内馅的。所以我们也可以试一试。

把刚才的糯米面团擀成面皮，将黄油和奶酪混合调成的馅料包进去。这里大家可以放在小茶杯上帮助固定形状，收口后在托盘上翻转过来，在熟糯米粉上滚一下，用手指在中间戳一个小坑，大功告成。

这可是我们老祖宗就有的吃法，别再说它是雪媚娘啦！

马奶糕

它是不是你的青春回忆里最馋的糕点

美食名片

品名：马奶糕

作品出处：《宫锁心玉》

历史上的它

一晃十多年过去，当年热播的《宫锁心玉》也成了很多人心中的青春记忆。剧中荣宪公主做的马奶糕馋了我好多年，作为美食博主，当然想要尝试还原它。

历史文献中并没有明确记载马奶糕这道小吃，在我参考过的美食教程中，大多数博主都是直接把马奶酪做成糕点。然而这样的做法并不是特别准确，且听我一一道来。

在清代，虽然牛奶在宫廷比较普遍，但在中原地区，纯马奶或纯牛奶并不流行。这是因为中原人脾胃寒，喝纯马奶会更寒凉。此外，古人所说的“糕”和“酥”是两种完全不同的食物，用牛奶或马奶制成的半凝固食品在古代被称为奶酪或酥酪，糕的主要原料则是米粉或面粉。

因此，马奶糕的做法会更加复杂。

还原挑战

准备马奶七百五十毫升、马蹄粉两百克、白砂糖一百二十五克，以及适量山药。

我之所以会选用马蹄粉，是因为马蹄糕是清朝满汉全席中的四大糕点之一，清代帝王都非常喜欢。既然电视剧的故事背景设定在清代，那么选择马蹄粉是最贴切的。

将山药洗净、去皮后蒸熟，和五百毫升马奶一起倒入料理机中打成糊。再将两百克马蹄粉全部加入马奶山药糊中，

搅拌均匀后加入剩余的马奶。

取四百毫升清水加入一百二十五克白砂糖，烧开后趁热加入刚才调好的少量生浆，充分搅拌均匀，就可以得到一份熟浆了。

一边用勺子搅拌剩余的生浆，一边把刚才得到的熟浆加进去，搅拌均匀后倒进模具里。等蒸锅里的水烧开之后，上锅蒸二十五分钟。凉凉后脱模切块，撒上少量糖粉和桂花做点缀，就可以吃了。

这样的马奶糕既有中原糕点的口感，又带有内蒙古的特色，在剧中则充分体现了荣宪公主的孝心。所以才有了康熙的那句台词："儿子不过继，女儿不远嫁。"小时候只被美食诱惑，如今自己体会了烦琐的工序和食物的美味，更能体会到剧中人物之间的亲情。

石头饼

中国饮食文化的活化石

美食名片

品名：石头饼

作品出处：《唐朝诡事录》

历史上的它

不知道有多少人是通过《唐朝诡事录》这部剧认识的石头饼呢？可能你想不到的是，这小小一块饼，竟然是我国饮食文中的活化石。

在古代，石头饼被称为石鏊饼，是石烹时代的产物，据说它的诞生与神农氏有关。神农氏发明农具，教人耕种、食用谷物，由于谷物不像肉类一样可以通过烧烤的方式做熟，于是先民发明了“石上燔谷”的方法——利用石头导热快、散热慢、布热均匀的原理来烙制食品。

唐代元和年间，《元和郡州志》里就记载了同州府曾以石鏊饼向宫廷进贡，这大概是关于石头饼最早的文献记载。到了明清时期，石鏊饼又被称为“天然饼”，清代著名文学家、美食家袁枚在《随园食单》中就详细记载了它的制作方法。如今，石头饼主要是在山西、陕西地区流行。

还原挑战

首先，我先还原了最传统的石头饼。在大碗中倒入两百克面粉、一个鸡蛋 、适量盐和蜂蜜，用温水化开两克干酵母，倒入面粉中搅拌均匀，加五十五毫升水，揉成光滑的面团。

室温静置两个半小时进行发酵，然后将面团分成小剂子，滚圆，压成薄片，在上面撒些芝麻。

将洗干净的石子倒入锅中，加油烤炙到两百摄氏度。取出一部分石子，把擀好的面饼铺在上面，再把刚才的石子拿回来，均匀地盖在面饼上。静待出锅的过程中，已经闻到了咸香的气味，想一想都觉得诱人。

除了原味，我还创新了一款巧克力薄荷味的。做法也很简单，在和面的时候加入适量薄荷糖浆，以及耐高温巧克力，其他步骤和原味的一样。

原味的石头饼口感酥、脆、咸、香，真的很好吃。而薄荷巧克力的石头饼风味更独特，多了一些薄荷与巧克力的清爽醇香。不知道长安城里的石头饼是不是也是这个味儿呢?

中国文化博大精深，其意境之美已融入我们生活中的方方面面，饮食领域也不例外。『研旧』的目的，不只在于复刻古人的智慧，更在于取其精华、推陈出新。中式糕点到底能有多美？希望我的这几道创新甜品能抛砖引玉，将新中式的美更好地融入饮食文化中。

新中式饮食美学

·第六卷·

莲子冰糕 212
玉兰花酥 215
桃花茶酪 219
抹茶山药糕 222
一叶知秋 226
胭脂酪 229
青花瓷软酪 232
夏璃扇 236
鸡蛋花饺子 239
龙井米糕 243

莲子冰糕

眼前一亮

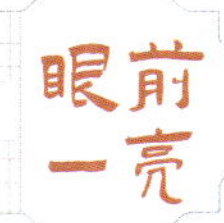

身姿亭亭，宛若仙子，灼灼光华映冰晶。一口下去，清凉之气悠然四散，沁人心脾。

制作技巧

将一百五十克新鲜莲子，去掉内芯后洗净后捞出，倒入破壁机内，加入三十克白砂糖、四十克纯牛奶打成泥。

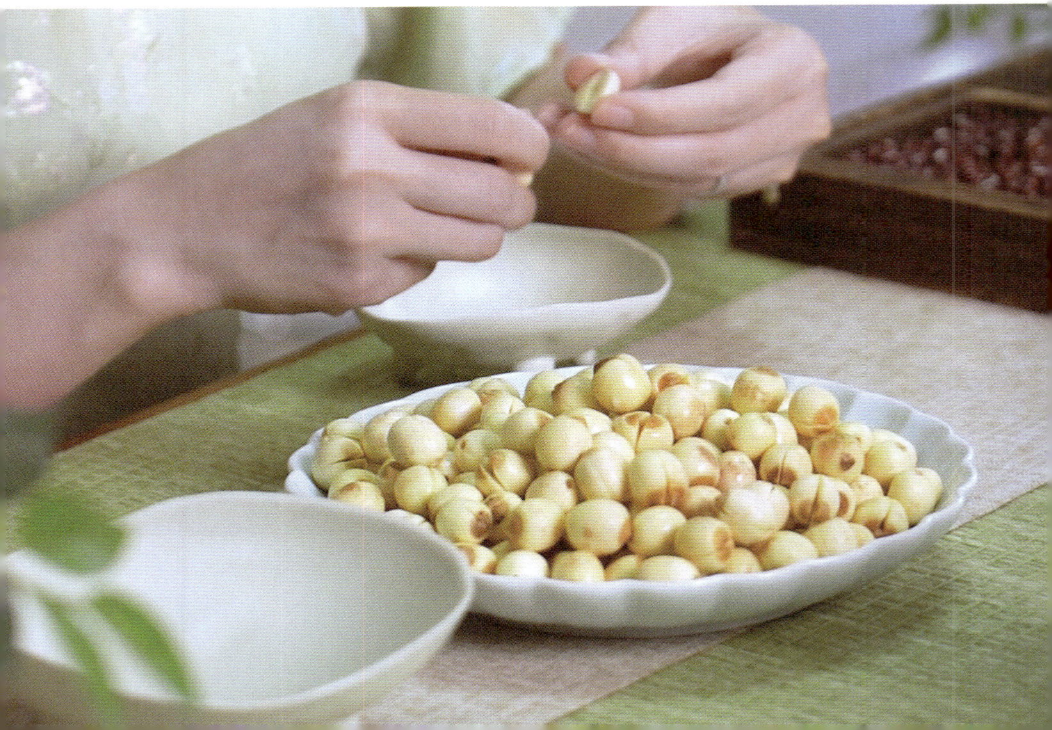

把莲子泥倒入锅中，再加入七十五克用莲子芯泡的茶水，煮至沸腾。

加入用温水提前浸泡一个半小时的琼脂，煮至融化后倒入模具。

凝固出模的一刻，便是它绽放光彩之时，浇上清香的桂花蜜，不仅赏心悦目，更是一道绝美的下午甜点。

玉兰花酥

中式糕点之美，在于能用花的形态，诠释几千年的糕点文化风采。这一次我们做的就是这一朵玉洁冰清的玉兰花！

制作技巧

先来做水油皮，把中筋面粉、细砂糖、水倒入大碗里用筷子混合成絮状，再加入猪油，揉成团，反复甩打揉搓直到面团可拉出薄膜，然后将面团分成三份。取二十五克的面团，加入色粉调成紫红色；十五克面团加入抹茶粉调成绿色，另外一份保留白色。把三个面团分别密封好，冷藏静置半小时备用。

接着我们来做油酥：将猪油倒在案板上揉搓到充分软化，加入低筋面粉用刮板大致混合均匀，用手掌根擦酥，直到油酥均匀细腻。把油酥分成十克一个的剂子，搓圆密封冷藏备用。

等待水油皮和油酥静置的时候来做椰蓉奶黄馅：将椰蓉、细砂糖、蛋黄、黄油全部倒入大碗里，用手抓均匀，分成十四克一个的剂子，搓圆，密封放冷藏五分钟备用。

接下来做小包酥，取一个静置好的白色水油皮压扁包入一个油酥，把封口捏紧，进行第一次擀卷，放在案板上稍微压扁，从中间往上往下擀开，卷起。第二次擀卷，收口向下稍稍压扁，同样从中间往上往下擀开，反面再轻轻擀开，这样擀的面团会更均匀，卷起，密封静置十五分钟备用。将小卷卷稍微搓长，把两端往下收起，压扁备用。

把紫色面团平均分成五份，擀成跟压扁的小卷差不多大小的薄片，覆盖在它上面，再轻轻把边缘擀薄，垫上一张糯米纸，包入一颗椰蓉奶黄馅，用虎口边往里压边收口。玉兰花苞形似毛笔笔头，用手掌压按的方式把面团整成长水滴形

取出绿色水油皮，擀成薄片，裁出三个小尖尖作为花萼和花托。刷上一点蛋清，把它贴在花朵底部，收口捏紧。

玉兰花盛开时，花瓣三个一层地展开，所以要用十分锋利的刀在顶部切出三个均匀的花瓣，要刚好切到内馅处。

最后一步就是炸制啦！油温的控制会影响花瓣的最终形状，要用一百三十摄氏度油温慢慢养酥，让花瓣的酥层打开。再升高油温到一百五十摄氏度炸至花瓣定型变硬即可。

玉兰花以其秀美姿态展示着我国的君子品格！浪漫美好的春天，玉兰全意盛开，哪怕凋零，玉颜也不改往日。

桃花茶酪

眼前一亮

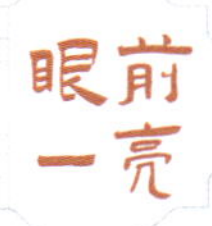

我想为你送来一份桃花的浪漫，肤如凝脂，顺滑可口，茶香奶香，萦绕舌尖！

制作技巧

我们先来泡一杯桃花茶，在四克干桃花中加入三克红茶，用八十摄氏度热水冲泡十秒，激发桃花和红茶的香气，倒掉茶汤，留桃花和红茶备用。

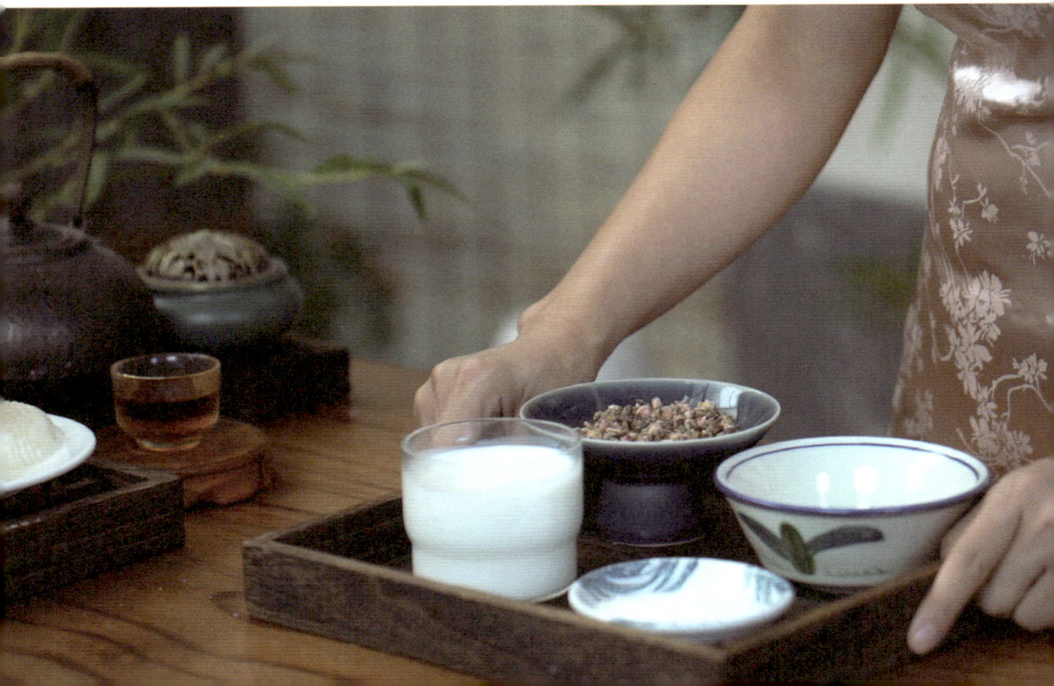

然后在桃花、红茶中倒入二百一十克牛奶，静置六小时以上，让牛奶与桃花香、茶香充分融合。

把泡好的牛奶过滤到锅里，开小火，加入玉米淀粉和细砂糖，边煮边搅拌，煮至浓稠后倒入预先准备好的容器，冷藏五小时定型，冰凉清香的桃花茶酪就做好啦！

人面不知何处去，桃花依旧笑春风！多少的心情故事，在美食里，都显得风轻云淡！

抹茶山药糕

用一抹绿，甲刃水仙勾勒春意！纯白与翠绿的搭配，原来可以这么美！

制作技巧

先把红薯和山药洗干净，再削皮切片，铺在蒸笼里，上锅蒸十五分钟。

红薯山药蒸熟后，先把山药舀出来压成泥，加入适量白糖，反复揉搓，慢慢地山药泥会从泥状变成团状。接下来，把红薯也压成泥，加入一半刚才压好的山药泥，搅拌均匀备用。

取余下一半的山药泥，加入绿茶粉，揉成清新的翠绿色。

把白色和绿色的山药泥稍微混合在一起（不用混匀），隔着保鲜袋擀成约三毫米厚的长方形薄片，这时山药泥白绿相间，呈现出好看的大理石纹路。然后在上面均匀地铺上之前备好的红薯山药泥，再用擀面杖轻轻地擀平，慢慢地卷起来，卷成长条，分切成小段。最后用剩下的山药泥捏成水仙花和竹叶的样子做装饰。

中式糕点讲究就地取材，应季而食。这一份山药糕清新中带着南方的温婉，吃起来口感软绵，甜而不腻，做下午茶最适宜不过了。

一叶知秋

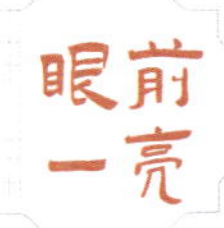

眼前一亮 一叶落知天下秋，我把秋天的记忆都放在了这里。

制作技巧

先取少许蝶豆花，用凉水冲泡，用勺子轻轻搅拌，让蝶豆花把水染成清透的蓝色。

再把蝶豆花取出，分出一半的蓝色液体用来做山体部分，另一半调成蓝绿色，搅拌均匀。

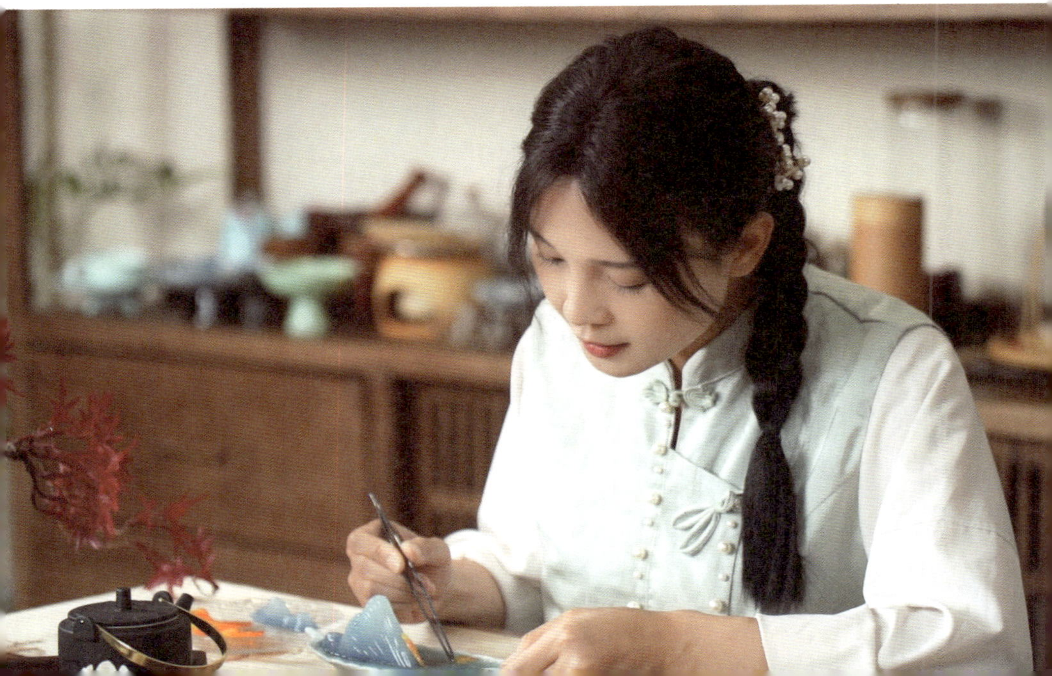

分别把各种颜色的水倒入小锅里，放入白凉粉，一边搅拌一边煮至浓稠，然后倒入各种模具中。

古人说一叶知秋，讲的就是梧桐落叶。因为古人认为梧桐是有灵性的草木，它通明神谕，可以呼应时间，担负着上苍赋予的感知秋风的使命，所以在立秋的第一时间，它就会落下第一片叶子。

一叶落，天下尽知秋。清甜的琉璃甜品与奶香的落叶完美结合，仿佛将深秋的美景浓缩在此。每一口都充满了秋天的气息，这是一道美味的甜品，更是一份秋天的记忆。

胭脂酪

眼前一亮

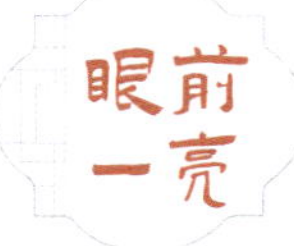

淡抹胭脂，容颜如玉。如果美食有灵魂，那么这款胭脂酪，就像妆台前的女子，肌若凝脂，娇媚灵动。

制作技巧

我们需要用到马蹄、红心火龙果、白凉粉、吉利丁片、白砂糖、牛奶和水。

马蹄煮熟备用。红心火龙果去皮切块，放进破壁机里，加入少量清水打成浓稠的果汁，过滤后放入煮熟的马蹄染色。

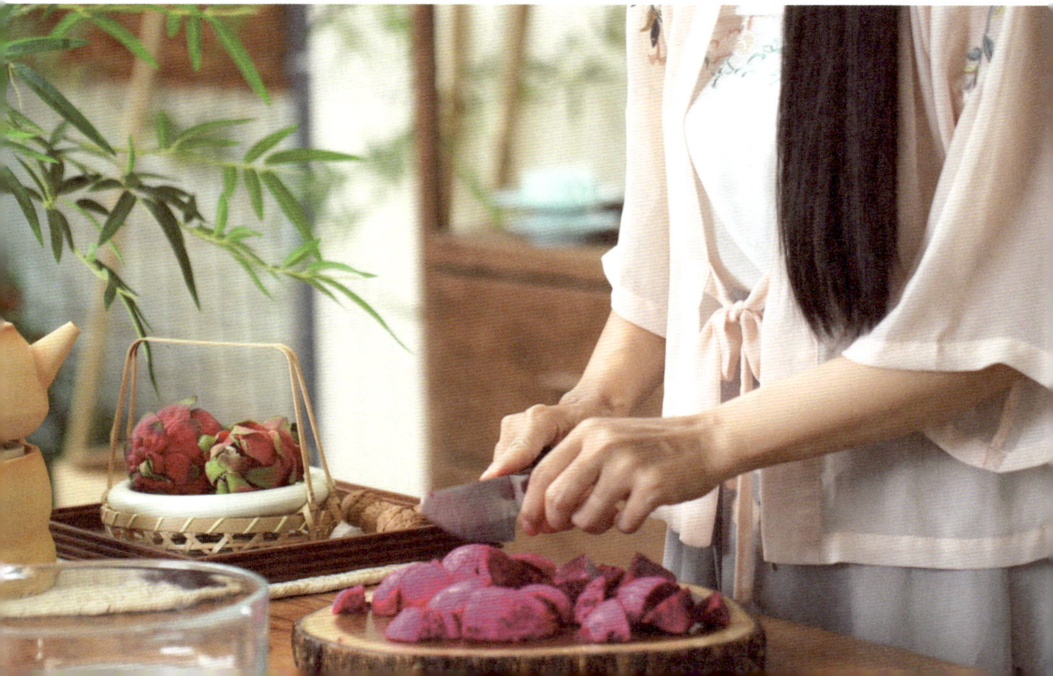

锅中烧水，水开后放入白砂糖、白凉粉，沸腾后关火，倒入模具，再加入一颗染色的马蹄。模具不要倒满，留一半空间待会儿装奶酪。

奶酪部分也很简单，把吉利丁片放入冰水中泡软，在牛奶里加入白砂糖和沥干的吉利丁片，融化后离火，倒进刚的是模具里。

晶莹剔透，奶香醇厚。在清水芙蓉、秀骨清像的东方审美中，胭脂自有它的娇媚神秘。而这一份胭脂酪，在日光的折射下，仿佛在诉说着古时每一个女子的心事，令人心醉！

青花瓷软酪

眼前一亮

方文山的一首《青花瓷》勾勒了满城烟雨。殊不知这也是一首与宋徽宗的时空对话，雨过天青云破处，这般颜色做将来。

这款青花瓷软酪，就是以方文山的《青花瓷》歌词为灵感，将青花瓷的文化与起源于宋的软酪结合，带你梦回唐宋的浪漫时光。

制作技巧

先制作糯米皮部分。将糯米粉、玉米淀粉、细砂糖、牛奶倒入大碗中混合均匀，过筛入容器，盖上保鲜膜，蒸二十五分钟，趁热加入黄油拌匀，放置温热，反复揉成光滑面团。

蝶豆花粉加水，调成青花色。

内馅部分，我用的主要是鲜炖花胶。这是千年的滋补贡品，是跨越时空的相遇与享受，在如今，我们也能轻松享用。花胶可以破壁机打碎，方便做馅。

奶油奶酪、糖、牛奶、玉米淀粉放入奶锅用小火煮，不停搅拌，煮到浓稠状关火，待凉一点装入裱花袋。

取适量外皮裹手粉擀开，铺在小圆碗里，填入一点奶酪馅，再铺上花胶。

把外皮包起来捏紧。素胚勾勒，手中描绘生花，笔锋千转蜿蜒成画，是千古风流人物留下的宝藏，天青色不是青花瓷，方文山将错就错的美丽，却让中国风流行世界。

中国青花瓷起源于唐代，千年美学青花瓷，美尽人间中国风。品尝这款青花瓷软酪时，仿佛回到盛世大唐。

如传世的青花瓷自顾自美丽，你眼带笑意！

夏璃扇

眼前一亮

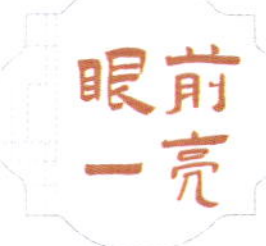

大暑，一年中最热的时期，青竹苍翠，荔枝红了满山。在我们南方地区，有大暑时节吃荔枝的习俗。于是我创作了一款国风甜点——夏璃扇。

制作技巧

世间珍果更无加，玉雪肌肤罩绛纱。荔枝汁入食，清甜不腻。

第一层，琼堆玉砌。“淡到无色则是白色最清透”，在

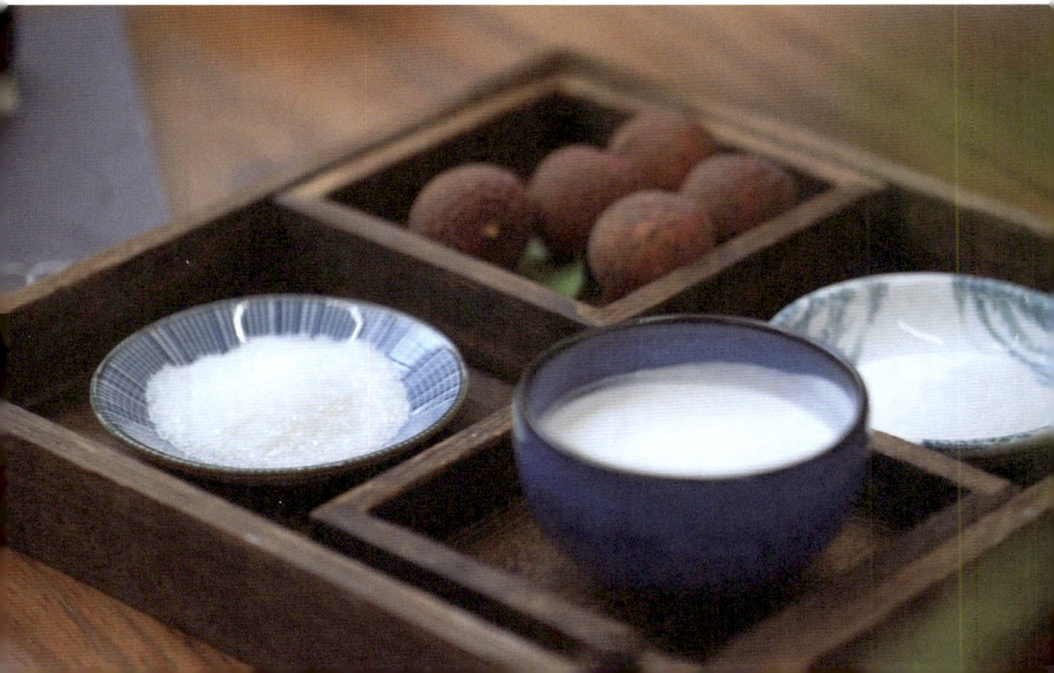

三伏天的暑热中，白色就好像冰块一般纯净清凉，让浓重的夏天变得轻盈。

第二层，苍翠欲滴。“大暑至，万物荣华”，盛夏有着最浓郁的绿色，渗透着生命的脉络，热烈而张扬。自古至今，人们对于节气仪式感的追求一脉相承。这一份新国风甜点，未尝不是我们对大暑节气的迎接。

青竹勾勒着的岂止是夏意，还有一整个竹叶潇潇的江湖。在夏日里拥有一道清爽的下午茶，也是一种迎接大暑的仪式感。这个夏季，无风也宜人。

鸡蛋花饺子

眼前一亮

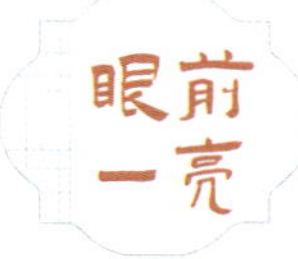

中点之美，不仅是酥点，还有栩栩如生的面点。在广州雨后的清晨，落了一地的鸡蛋花，仿佛诉说着时光的流转。而今天我们所呈现的鸡蛋花饺子，就源自这份美丽。

制作技巧

将两百克澄粉与五十克淀粉混合均匀，倒入一百五十毫升开水，用筷子搅匀，加一勺中式灵魂猪油，揉成光滑面团，让它在时光的洗礼中醒发。

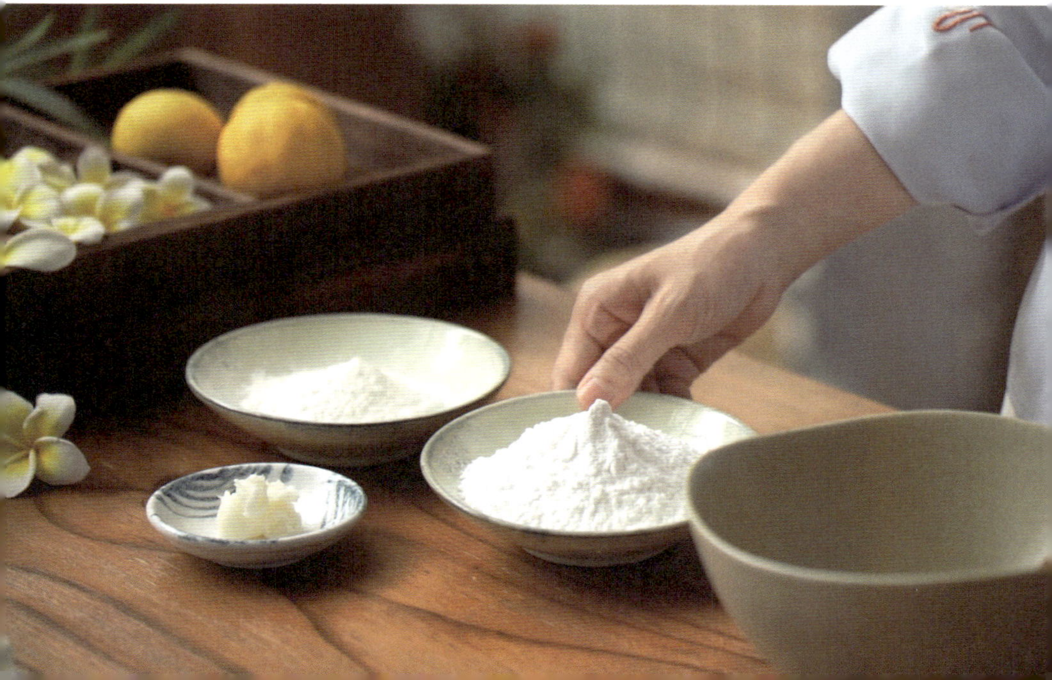

准备好鸡蛋虾仁内馅，你喜欢别的口味可以随意替换。

这款饺子的关键在于其造型。把醒发的面团揉搓成长条，按照特定的比例切分。鸡蛋花上面黄白色，下面棕黄色，所以面团除了白色，还要用色粉调出黄色与淡黄色两种。把三种颜色的面团各分成小剂子，把擀好的三色面皮，由大到小重叠在一起擀开，一张渐变色圆形的面皮就这样诞生了。

鸡蛋花由五片花瓣组成，用模具轻按压出花瓣印痕（只按压一端即可），裁掉多余部分，就得到一张花型面皮。

包入馅料，捏出鸡蛋花皱缩的造型，放入蒸笼（无须放蒸布），蒸二十分钟就可以享用啦！

鸡蛋花饺子晶莹剔透，口感有嚼劲，更让人治愈的是莫辨楮叶的美感、美食与艺术的相融！

龙井米糕

眼前一亮

竹下忘言对紫茶，全胜羽客醉流霞。江南的温婉及雅致就在这一份龙井米糕里！

你知道吗，历史上最早的点心应该是茶食。在先秦时期，民间用茶叶原汁煮羹为食。汉晋在茶汤加以佐料调味。唐宋时期，百姓以茶为媒介，开始制作各类食品。到了如今，茶食已成为点心的一部分。

制作技巧

我们需要准备粘米粉两百克、糯米粉八十克、细砂糖四十克。把它们全部混合均匀，少量多次加入茶水，搅拌至用手可以捏成团、一捏就散的状态，过筛一遍。将过筛后的

湿粉平均分成三份，其中两份分别加入不同分量的龙井茶粉，调成浅绿色和深绿色。

准备好蒸笼，先倒入一层深绿色米粉，均匀铺开，再倒入一层白色米粉摊平表面，最后一层倒入浅绿色米粉封顶。用刀轻轻地划成九份，放进蒸笼里盖上湿蒸布，上锅蒸四十分左右，就可以出锅了。别忘了点缀上茉莉花呦！

而龙井茶最开始出现在宋朝，在明清的时候开始盛行。袁枚《随园食单》就有写道：**“杭州山茶处处皆清，不过以龙井为最耳。”**龙井茶香郁味甘，研磨成粉，与食物融合，会呈现更纯粹、饱满的绿茶原味。

龙井米糕软绵细腻，清香回味，吃茶方知古人智慧，茶文化可以说是中国文化中最古老的传统文化之一。我愿以茶为媒、茶点为介，与你共赏人间好时节！

后记

研旧所的故事

如果说人生是一场旅程的话，我觉得我的人生是异常丰富且充实的。因为我仿佛穿越了时空的长廊，成了一名饮食文化的探寻者与传播者。那些唐宋的繁华胜景，那些在历史长河中或闪耀或落寞之后的饱腹之食，无不成为一段段鲜活历史的映射，引领我深入探索。

记得最初踏上复刻古代美食与传统名点之路时，我只是出于对历史的好奇和对美食的热爱，认为只要按照古籍上的记载，一步步还原那些古老的烹饪技法，就能轻松揭开历史的味蕾之谜。然而，现实却远比我想象的要艰难。

首先，那些古代的计量单位，比如“升”“斗”，在现代厨房里找对应的量具简直就像是在进行一场考古活动。更别提那些已经失传的美食，没有具体的制作方法，完全只能凭着稀疏的资料以及对当时饮食文化背景的推断来尝试制作，这无疑增加了复刻的难度。

记得有一次，我决心复刻一道唐代的美食——樱桃饆饠。无论是电视剧还是互联网上美食博主们的复刻，都显示樱桃饆饠是烤制的。但我根据唐段成式《酉阳杂俎·酒食》樱桃饆饠蒸熟装碟之后，皮内的樱桃果色不变，紫红如鲜，在薄薄的粉皮之内朦影玲珑的说法，一直对烤制的说法抱有怀疑。

后来在《食谱》中只看到天花饆饠的外皮是用天花粉来制作的，这给了我灵感：那樱桃饆饠的外皮是否也可以使用不同的食材呢？我继续深入研究，发现在《千金方》中有使用澄粉的方法描述，说是这样制作出的面皮半透明，这不正是与樱桃饆饠的外观特征相吻合吗？但淀粉属于加工过的面粉，在当时并不是普通人家就能享用的，这也解释了为什么史料上记载樱桃饆饠时总要提到韩约家。韩约作为唐朝军事将领，其饮食自然非比一般。

最终，我做的蒸制版樱桃饆饠引发了一波唐朝美食热潮，不少美食博主在复刻樱桃饆饠时，也沿用了我的做法。我为此感到开心，因为饆饠本身只是一个食类，并不是所有都是烤制的。在复刻的过程中，我不仅学习到了更多的历史知识，还掌握了多种古代烹饪方式，这是我觉得最有趣以及最有意义的部分。

除了对古代美食的探索，我还深入研究了二十四节气与美食文化的关联。在中国，二十四节气不仅仅是农耕的指南，也深深影响着人们的饮食习惯。立春时的春卷、夏至的面条、处暑的鸭子、冬至的汤圆……每一个节气都有其独特的美食象征，它们不仅仅是味蕾的享受，更是对自然变化的敬畏和感恩。我发现，将这些节气美食融入日常生活，不仅能增添生活的仪式感，还能让人更加贴近自然，感受时间的流转。

每一次的复刻，都是一次与历史的深度对话。有时，为了寻找一种古代食材，我需要翻阅大量的历史文献，甚至亲自前往偏远地区寻找；有时，为了还原一种古老的烹饪技法，我需要反复试验，失败无数次后才能成功。但正是这些困难与挑战，让我越来越深刻地体会到，每一道古菜、每一道节气美食背后都承载着丰富的历史文化信息。它们或反映了当时的饮食习惯，或留下了某个历史事件的痕迹，甚至蕴含着古人的哲学思想和审美情趣。

如今，当我回顾这段旅程，我心中充满了感激。感谢那些看似不可能的挑战，它们让我学会了坚持与创新；感谢那些偶遇的温暖与帮助，它们让我的探索之路充满了温情与色彩。我希望，《这一口吃的是文化》这本书，不仅能让读者品味到历史的味道，更能激发大家对传统文化的兴趣与尊重。让我们一起在美食的海洋中，探寻那些被时间遗忘的故事，共同守护与传承这份宝贵的文化遗产。因为，每一口美食，都是一种文化的传承，都是一段历史的见证。